युद्ध और शान्ति

'War and Peace' का हिन्दी अनुवाद

टॉलस्टॉय

अनुवादक

श्रीरामनाथ 'सुमन'

हिन्द पॉकेट बुक्स

पेंगुइन रैंडम हाउस इम्प्रिंट

हिन्द पॉकेट बुक्स

यूएसए | कनाडा | यूके | आयरलैंड | ऑस्ट्रेलिया | सिंगापुर
न्यू ज़ीलैंड | भारत | दक्षिण अफ्रीका | चीन

हिन्द पॉकेट बुक्स, पेंगुइन रैंडम हाउस ग्रुप ऑफ़ कम्पनीज़ का हिस्सा है,
जिसका पता global.penguinrandomhouse.com पर मिलेगा

पेंगुइन रैंडम हाउस इंडिया प्रा. लि.,
चौथी मंजिल, कैपिटल टावर -1, एम जी रोड,
गुड़गांव 122 002, हरियाणा, भारत

पेंगुइन
रैंडम हाउस
इंडिया

प्रथम हिन्दी संस्करण हिन्द पॉकेट बुक्स द्वारा 1972 में प्रकाशित
यह हिन्दी संस्करण हिन्द पॉकेट बुक्स में पेंगुइन रैंडम हाउस द्वारा 2021 में प्रकाशित

10 9 8 7 6 5 4 3 2

ISBN 9789353494612

मुद्रकः रेप्रो इंडिया लिमिटेड

www.penguin.co.in

FSC www.fsc.org MIX Paper from responsible sources FSC® C047271

This is a legitimate digitally printed version of the book and therefore might not have certain extra finishing on the cover.

हिन्द पॉकेट बुक्स

युद्ध और शान्ति

लियो टॉलस्टॉय उन्नीसवीं सदी के सर्वाधिक सम्मानित लेखकों में से एक हैं। उनका जन्म रूस के एक संपन्न परिवार में हुआ था। उन्होंने रूसी सेना में भर्ती होकर क्रीमियाई युद्ध (1855) में भाग लिया, लेकिन अगले ही वर्ष सेना छोड़ दी। लेखन के प्रति उनकी रुचि सेना में भर्ती होने से पहले ही जाग चुकी थी। उनके उपन्यास *युद्ध और शान्ति* (1865-69) तथा *आन्ना करेनिना* (1875-77) साहित्यिक जगत में क्लासिक रचनाएँ मानी जाती हैं।

धन-दौलत व साहित्यिक प्रतिभा के बावजूद लियो टॉलस्टॉय मन की शांति के लिए तरसते रहे। अंततः 1890 में उन्होंने अपनी धन-संपत्ति त्याग दी। अपने परिवार को छोड़कर वे ईश्वर व गरीबों की सेवा करने हेतु निकल पड़े। उनके स्वास्थ्य ने अधिक दिनों तक उनका साथ नहीं दिया। आखिरकार 20 नवम्बर 1910 को अस्तापवा नामक एक छोटे से रेलवे स्टेशन पर इस धनिक पुत्र ने एक गरीब, निराश्रित, बीमार वृद्ध के रूप में मौत का आलिंगन कर लिया।

युद्ध और शान्ति

●

प्रमुख पात्र

बेज़ुहोव परिवार

पीरी बेज़ुहोव : काउंट कीरिल बेज़ुहोव के अवैध परन्तु बाद में वैध घोषित पुत्र।

काउंट कीरिल बेज़ुहोव : एक अत्यन्त धनवान ज़मींदार।

बोलकोंस्की परिवार

प्रिंस ऐन्ड्री बोलकोंस्की।

प्रिंसेज़ एलिज़ाबेथ बोलकोंस्की : ऐन्ड्री की पत्नी।

प्रिंस निकोलाय बोलकोंस्की : ऐन्ड्री के पिता।

प्रिंसेज़ मैरिया बोलकोंस्की : ऐन्ड्री की बहन।

रोस्तोव परिवार

काउंटेस नताल्या (नताशा) रोस्तोव।

काउंट इलिया रोस्तोव : नताशा के पिता, एक धनिक सामन्त।

काउंटेस नताल्या रोस्तोव : नताशा की मां।

काउंट निकोलाय रोस्तोव : नताशा के भाई।

काउंट पीतर (पेतया) रोस्तोव : नताशा के भाई।

सोनिया : काउंट रोस्तोव की गरीब भांजी।

कुरागिन परिवार

प्रिंस वैसिली कुरागिन।

प्रिंसेज एलेन कुरागिन : वैसिली की पुत्री।

प्रिंस अनातोल कुरागिन : वैसिली का आवारा पुत्र।

द्रुबेत्सकी परिवार

प्रिंसेज अन्ना मिहालोबना द्रुबेत्सकी : एक प्रतिष्ठित परन्तु दुर्दिन में पड़े परिवार की सदस्या।

प्रिंस बोरिस द्रुबेत्सकी : अन्ना मिहालोवना का पुत्र।

योद्धा

अलेक्जेंद्र प्रथम : रूस के ज़ार—सम्राट।

नेपोलियन बोनापार्ट : फ्रांसीसियों के सम्राट।

जनरल कुतूज़ोव : रूसी सेना के प्रधान सेनापति।

प्रिंस वगरेशन : रूसी सेना के नायक।

प्रिंस नेस़ वित्सकी : एक सैनिक अधिकारी।

कैप्टन तियोह्नि : एक सेनानायक।

कैप्टन तूशिन : तोपखाने का अफसर।

वेसिली देनीसोव : एक अफसर—निकोलाय रोस्तोव के मित्र।

दोलोहोव : सेमिओनोव रेजीमेंट के एक पदावनत अफसर।

युद्ध और शान्ति

"राजकुमार, आज तो जेनेवा और लक्का की स्थिति बोनापार्ट परिवार की निजी ज़मींदारियों से कुछ ज़्यादा नहीं रह गई है। मैं तुम्हें चेतावनी देती हूं कि यदि तुम यह घोषणा नहीं करते कि हमारे बीच युद्ध होगा, तो भविष्य में मैं तुम्हें अपना मित्र एवं निष्ठावान सेवक न मान सकूंगी। तुम मेरी बातों से चौंक रहे हो।बैठो, मुझसे बातें करो।"

ये शब्द जुलाई, 1805 में अन्ना पावलोवना ने प्रिंस वैसिली से कहे। पावलोवना राजदरबार से सम्बद्ध एक प्रतिष्ठित एवं प्रभावशाली महिला थीं और प्रिंस वैसिली एक उच्चपदस्थ एवं प्रतिष्ठित अधिकारी थे। पावलोवना की गोष्ठी में आज वही सबसे पहले पहुंचे थे।

"हे ईश्वर! कैसे भयानक उदगार हैं।" कहते हुए प्रिंस वैसिली ने पावलोवना के निकट जाकर उसके हाथों को चूमकर सम्मान प्रदर्शित किया और पास के सोफे पर बैठ गए। फिर बोले—"पहले बताओ, तुम अच्छी तो हो ?"

"जब मानव नैतिक संकट और वेदना से ग्रस्त हो तो अच्छा कैसे रह सकता है ? यदि किसीमें कुछ भी भावना शेष है तो वह आज के युग में चिन्तित हुए बिना रह ही कैसे सकता है ? पर आज की संध्या तो तुम यहां ही बितायोगे ?"

'अंग्रेजी राजदूत के यहां भोजन का आमंत्रण जो है ? आज बुधवार है, मुझे वहां मुंह दिखाने जाना ही पड़ेगा। मेरी लड़की मुझे वहां ले जाने के लिए पाती होगी।"

"जब से तुम्हारी लड़की बाहर आने लगी है, उसने प्रत्येक का मन मोह लिया है। लोग कहते हैं कि वह दिन जैसी ही सुन्दर है। कभी-कभी मैं सोचती हूं कि जीवन के वरदानों में कितना असंतुलन है। यही देखो, भाग्य ने न जाने क्यों तुम्हें ऐसी अच्छी दो संतानें दीं—तुम्हारे सबसे छोटे अनातोल को मैं उनमें नहीं गिनती, क्योंकि वह मुझे पसन्द नहीं है।"

कुछ देर तक चुप रहने के बाद, प्रिंस ने कहा—"आखिर, तुम मुझसे चाहती क्या हो? तुम जानती हो मैंने उन लोगों की शिक्षा के लिए सब कुछ किया, जो एक पिता के लिए संभव है। पर दोनों नालायक निकले। इप्पोलित तो खैर शान्त मूर्ख है, किन्तु अनातोल ऐसा मूर्ख है जो शान्त रहना जानता ही नहीं।" और प्रिंस के मुंह पर एक असाधारण और अस्वाभाविक मुस्कान थिरक गई।

"पता नहीं, तुम्हारे जैसे लोगों के बच्चे पैदा ही क्यों होते हैं ? यदि तुम पिता न होते तो मुझे तुमसे कोई शिकायत न होती।" पावलोकना ने मुग्ध दृष्टि से देखते हुए कहा।

"केवल तुम्ही एक ऐसी हो जिससे मैं अपने दिल की बात कह सकता हूं। मेरे बच्चे मेरे जीवन के लिए अभिशाप हैं। नियति के दण्ड की भांति मैं उन्हें लिए फिरता हूं।" कहकर प्रिंस ऐसा भाव प्रकट कर चुप हो गए मानो क्रूर भाग्य को जैसे हो, सहन तो करना ही पड़ेगा।

धीरे-धीरे पावलोवना का बैठकखाना आदमियों से भरने लगा। पीतर्सबर्ग के प्रायः सभी संभ्रान्त जन वहां उपस्थित थे। आयु और स्वभाव में बहुत भिन्नता रखते हुए भी एक ही समाज-सरणि का अनुसरण करनेवाले। थोड़ी देर में प्रिंस वेसिली की अत्यन्त रूपवती कन्या एलेन अपने पिता को अंग्रेजी राजदूत के यहां नैश भोजन के लिए लेने आ गई। मण्डली में तरुणी राजकुमारी एलिज़ाबेथ बोलकोस्की भी उपस्थित थीं जो पीतर्सबर्ग की सबसे आकर्षक एवं मायाविनी महिला समझी जाती थीं। अभी पिछली सर्दियों में ही उनकी शादी हुई थी और अपनी नवीन परिस्थिति के कारण यद्यपि वे बाहर बहुत कम दिखाई देती थीं पर लघु मण्डलियों में अब भी

उनके दर्शन मिल जाते थे। वेसिली का लड़का इप्पोलित भी अपने दोस्त मोर्त्तमार्त के साथ आ गया था। अबी मोरियो तथा अन्य लोग भी वहां मौजूद थे। राजकुमारी बोलकोंस्की के हाथ में एक सुन्दर मखमली बैग था जिसपर सुनहला काम किया हुआ था। जब वह मुस्कराती थी और उसके दोनों होंठ मिल जाते थे तो वह बहुत ही लुभावनी हो जाती थी पर कली की भांति अधखुले मुंह पर झुका उसका ऊपरी होंठ और भी सुन्दर लगता था। जीवन-रस और उत्फुल्लता से पूर्ण और शीघ्र मां होनेवाली राजकुमारी पर हर आदमी की आंखें लगी थीं। जिससे भी वह ज़रा हंसकर बात कर लेती थी वही अपने को धन्य समझता था। मृदु चरणों से चलकर और अपना गाउन संभालती हुई वह एक सोफे पर जाकर बैठ गई। बैठते-बैठते वह पावलोवना से बोली—"एनेती, मेरे साथ भी चालबाज़ी? तुमने तो लिखा था कि बहुत ही कम आदमियों को बुलाया है। पर यहां तो फजीहत है।"

"कोई बात नहीं लिज़ी, तुम तो सदा ही सबसे ज्यादा खूबसूरत रहोगी।" पावलोवना ने कहा।

प्रिंस वैसिली की ओर देखकर राजकुमारी बोलकोंस्की बोली—"आप जानते हैं, मेरे पति मुझे छोड़कर अपनी हत्या कराने जा रहे हैं। बताइए, यह वाहियात लड़ाई किसलिए है ?" और फिर उत्तर की परवा किए बिना वह वैसिली की कन्या सुन्दरी एलेन की ओर घूम गई। उधर वैसिली ने फुसफुसाकर पावलोवना से कहा—"यह राजकुमारी कैसी हंसमुख है।"

कुछ ही देर बाद एक तगड़े सुगठित शरीरवाले युवक ने ब्रिचेज पहने हुए मण्डली में प्रवेश किया। यह कैथराइन के समय के प्रसिद्ध सामंत काउंट बेजुहोव का अवैध पुत्र पीरी था। बेजुहोव मास्को में मरण-शय्या पर पड़े थे। पीरी कुछ ही दिन पहले अपनी शिक्षा पूरी करके विदेश से लौटा था और अभी तक किसी प्रकार की नौकरी में नहीं लग पाया था। भद्र समाज-गोष्ठी में आज पहली ही बार वह दिखाई पड़ा था। पावलोवना ने सामान्य भाव से उसका स्वागत किया, जैसा निम्नस्तर के लोगों के प्रति प्रचलन था। किन्तु इस स्वागत के होते हुए भी पावलोवना उसे देखते ही

कुछ ऐसी बेचैन हो उठी जैसे कोई बहुत बड़ी और अप्रासंगिक वस्तु वहां आ गई हो।

"मि० पीरी, आपकी कृपा है, जो आपने एक दीन और असमर्थ महिला को देखने के लिए आने का कष्ट किया।" पावलोवना बोली। पीरी ने अस्पष्ट स्वर में कुछ उत्तर दिया। उसकी आंखें मानो किसी-को ढूंढ़ रही थीं और रूपवती राजकुमारी को देखते ही उसने मुस्कराकर यों अभिवादन किया मानो उससे घनिष्ठ मित्रता हो। पावलोवना ने कहा—"तुम मोरियो को नहीं जानते ? वह बड़ा ही दिलचस्प आदमी है।"

"हां-हां, मैंने उसकी स्थायी शान्ति-योजना की बात सुनी है ; वह बड़ी दिलचस्प है पर संभव नहीं जान पड़ती..." पीरी ने कहा।

"अच्छा, तुम ऐसा समझते हो ? बाद में हम इस विषय पर बात करेंगे।" मुस्कराते हुए अन्ना पावलोवना ने कहा और अतिथियों के स्वागत के लिए आगे बढ़ गई।

पार्टी पूरे जोश पर थी। हर तरफ बातचीत का बाजार गर्म था। इस समय तक उपस्थित समाज तीन हिस्सों में बंट गया था। पहली मण्डली पुरुषों की थी जिसका केन्द्र मोरियो था; दूसरी मण्डली उन तरुणों की थी जिसका केन्द्र सुन्दरी तरुणी प्रिंसेज़ एलेन—प्रिंस वेसिली की कन्या—तथा राजकुमारी बोलकोंस्की थीं। तीसरी में मोर्तमार्त्त, पावलोवना तथा और लोग थे। मोर्त्तमार्त्त सुन्दर तरुण था जिसे अपनी श्रेष्ठता का विश्वास था, फिर भी अपनी संगति का लाभ दूसरों को देता था। एक अच्छे होटल में जैसे मामूली खाने की चीज़ों को, जिसे लोग फेंक दें, भीसजाकर इस प्रकार पेश किया जाता है कि लोग बड़े चाव से ग्रहण करते हैं वैसे ही पावलोवना ने इस मण्डली में मोर्त्तमार्त्त और मोरियो को बड़े आकर्षक रूप में पेश किया था। उन्होंने मोर्त्तमार्त्त को बोनापार्ट-सम्बन्धी कुछ घनिष्ठ बातें बताने को कहते हुए सबको एक जगह बुला लिया। मोर्त्तमार्त्त बताने लगा कि किस प्रकार बोनापार्ट और ड्यूक एनजाइन की भेंट एक अभिनेत्री के यहां पेरिस में हुई, किस प्रकार दोनों में अभिनेत्री के लिए प्रतिद्वन्द्विता हुई और कैसे बोनापार्ट

ने एनजाइन को जान से मार डाला। कहानी बड़ी दिलचस्प थी और कुछ ऐसे ढंग से कही गई थी कि अधिकांश लोग उसकी ओर आकर्षित हो गए। स्त्रियां तो एकदम अन्य सब बातें भूल गईं। हां, पीरी और मोरियो थोड़ी दूर पर अलग इस राजनीतिक विषय पर बहस कर रहे थे कि सत्ता का संतुलन कैसे बना रह सकता है।

इसी समय बैठक में एक दूसरे अतिथि ने प्रवेश किया। यह तरुण राजकुमार ऐन्द्री बोलकोंस्की थे, मोहिनी तरुणी के पति। मझोले कद के सुदर्शन व्यक्ति परन्तु मुख के भाव, चाल-ढाल सबमें अपनी स्त्री के विपरीत। उपस्थित सभी लोग उनके परिचित थे किन्तु इस प्रकार के समाज से वे बिलकुल ऊबे हुए थे—इतने कि इन लोगों की ओर देखना और उनसे बातें करना भी उनके लिए दूभर था। सबसे ज्यादा ऊब तो उन्हें अपनी पत्नी के सुन्दर चेहरे के प्रति थी। मुंह बिचकाते हुए वे अपनी पत्नी के निकट से गुज़र गए और अन्ना पावलोवना के पास जाकर उनके हाथ चूमते हुए अधखुली आंखों से एक बार उपस्थित लोगों पर दृष्टि डाली। पावलोवना ने कहा—"आप लड़ाई में भरती हो रहे हैं?"

"हां, जनरल कुतूज़ोव ने कृपापूर्वक मुझे अपना अंगरक्षक नियुक्त कर लिया है।"

"और आपकी पत्नी?"

"वह गांव जा रही है।"

"हम लोगों को अपनी मोहिनी पत्नी से रहित कर देना आपकी निर्दयता है।"

प्रिंस ऐन्द्री वहां से हट गए। पीरी ने झट आकर उनके कंधे पर हाथ रख दिया। ऐन्द्री ने घूमकर मुस्कराते हुए पूछा—"अरे तुम हो! ऐसी मंडली में?"

"मैं जानता था कि तुम यहां आनोगे। कल संध्या को तुम्हारे यहां भोजन करने आ रहा हूं। आऊं न?"

"नहीं, नहीं।" ऐन्द्री ने ऐसे भाव से कहा जिसका अर्थ निकलता था कि आना ही है तो पूछते क्या हो। वे कुछ और कहते कि इसी समय

प्रिंस वैसिली अपनी लड़की के साथ उठ गए हुए और इन दोनों ने उनके लिए रास्ता छोड़ दिया। पीरी विह्वल होकर, बल्कि आतंक के साथ, कुमारी वैसिली के सुन्दर मुख को देख रहा था।

"बहुत सुन्दर है ?" ऐन्द्री ने कहा।

"बहुत।" पीरी बोला।

ऐन्द्री ने पीरी के कंधे पर हाथ रखे पावलोवना के पास पहुंचकर कहा—"इस रीछ को ज़रा मेरे लायक बना दो। एक महीने से मेरे यहां ठहरा हुआ है पर आज पहली बार सामाजिक मंडली में मैं इसे देख रहा हूं। किसी तरुण युवक के लिए चतुर रमणियोंकी संगत से बढ़कर और कुछ नहीं है।"

पावलोवना ने वचन दिया कि वह पीरी का ध्यान रखेगी। वह जानती थी कि पीरी का वैसिली से, पितृपक्ष से निकट का सम्बन्ध है। इसी समय एक प्रौढ़ महिला हाल से उठकर वैसिली के पास आई। उसके दयालु मुख पर चिन्ता के लक्षण थे। वह बोली—"प्रिंस, तो तुम मेरे बोरिस के विषय में क्या कहते हो? मैं यहां अधिक समय तक नहीं ठहर सकती। तुम्हारे लिए दो शब्द सम्राट से कहना कोई कठिन काम नहीं है; तुम्हारे कहते ही वह गार्ड के रूप में बदल दिया जाएगा।"

"विश्वास रखो, मैं सब कुछ करूंगा जो मुझसे संभव है। परन्तु सम्राट से कुछ कहना मेरे लिए कठिन है। अच्छा होगा कि तुम प्रिंस गलिस्तिन के ज़रिये रुमिंस्तोव से निवेदन करो।"

यह महिला प्रिंसेज अन्ना मिहालोवना द्रुबेत्सकी थी। उसका परिवार रूस के सबसे अधिक प्रतिष्ठित कुटुम्बों में समझा जाता था पर इस समय वह अपनी गरीबी के कारण समाज से दूर ही रहती थी। अपने एकमात्र पुत्र की गार्डों में नियुक्ति के लिए वह इसीलिए सचेष्ट थी। उसके पिता ने वैसिली की किसी समय बड़ी मदद की थी। महिला ने उसकी याद दिलाते हुए अपना निवेदन पुनः दोहराया और तब तक वहां से नहीं हटी जब तक कि वैसिली ने वादा नहीं कर दिया।

पावलोवना लोगों को सम्बोधित करती हुई बोली—"और यह जो

मिलन में राज्याभिषेक होने जा रहा है, इसके बारे में आप लोग क्या सोचते हैं ? कैसा प्रहसन है ! अब जेनेवा और लक्का के लोग मांश्योर बोनापार्ट को भेंट चढ़ाने आएंगे। कल्पना तो कीजिए—सिंहासन पर बोनापार्ट महोदय बैठे हैं और राष्ट्रों के आवेदनपत्रों पर राजाज्ञा दे रहे हैं। यह विचार भी आदमी को पागल कर देने के लिए काफी है।"

प्रिंस ऐंद्री ने हंसते हुए बोनापार्ट के शब्दों को दोहराया—"ईश्वर ने मुझे यह थाती सौंपी है, खबरदार, इसे कोई न छुए !"

पावलोवना बोली—"यह प्याला भर जाने के लक्षण हैं। मैं समझती हूं कि यूरोप के सम्राट इसे हर्गिज़ बर्दाश्त न करेंगे।"

मोर्त्तमार्त ने निराशा-भरे स्वर में कहा—"सम्राट ! मैं रूस के सम्राट की बात नहीं करता। पर ये दूसरे सम्राट !...उन्होंने लुई षोडश के लिए क्या किया, सम्राज्ञी के लिए क्या किया? एलिज़ाबेथ के लिए क्या किया? कुछ भी तो नहीं। सम्राट ! ये तो अपने राजदूत बोनापार्ट को बधाई देने के लिए भेजेंगे। यदि बोनापार्ट एक साल भी फ्रांस के सिंहासन पर बना रह गया तो षड्यंत्र और हिंसा द्वारा, निर्वासनों एवं प्राणदण्डों द्वारा वह फ्रांसीसी समाज को, मेरा आशय है भले समाज को, नष्ट कर देगा।"

पीरी ने मुस्कराते हुए कहा—"और जहां तक मुझे सूचना है प्राय: सम्पूर्ण सामंत बोनापार्ट के पक्ष में चले गए हैं।"

"कम से कम बोनापार्ट का दावा यही है। इस समय यह पता लगाना मुश्किल है कि फ्रांसीसी जनता सचमुच क्या चाहती है ?" मोर्त्तमार्त ने कहा।

ऐन्द्री बोल उठे—"बोनापार्ट भी यही कहता है। उसीके शब्द हैं—'मैंने उन्हें गौरव का मार्ग दिखाया पर वे उसपर न जाएंगे; मैंने अपना कमरा उनके लिए खोला तो वे उसमें भीड़ की भांति भर गए।' पता नहीं, बोनापार्ट को यह सब कहने का कहां तक अधिकार हैं।"

मोर्त्तमार्त्त ने कहा—"कुछ भी नहीं। ड्यूक की हत्या के बाद से उसके घोर प्रशंसक भी उसे राष्ट्रनायक मानने में हिचक रहे हैं।"

पीरी ने विरोध के स्वर में कहा—"ड्यूक की हत्या एक राजनीतिक

आवश्यकता थी और नेपोलियन ने उसकी सारी ज़िम्मेदारी अपने ऊपर लेने में ज़रा भी हिचकिचाहट नहीं दिखाई, यह तो उसकी आत्मा की महत्ता की सूचक है।"

"हे ईश्वर !" पावलोवना ने भय के स्वर में कहा।

"मोग्ये पीरी, क्या आप हत्या को प्रात्मा की महत्ता कहते हैं ?" मोहिनी राजकुमारी बोल उठी।

"मैं ऐसा इसलिए कहता हूं कि राज्यक्रांति के समय राजवंश जनता को विप्लव और शासनहीनता के बीच छोड़ भाग गया। उस समय केवल नेपोलियन में क्रान्ति का अर्थ समझने की क्षमता थी, वही उसे काबू में कर सकता था इसलिए जन-हित के अर्थ उसने एक आदमी के जीवन की परवा नहीं की। वह महत् इसलिए है कि वह क्रांति के ऊपर उठ सका और उसकी दुष्प्रवृत्तियों को काबू में कर सका तथा जो कुछ समाज में श्रेष्ठ था उसकी रक्षा कर सका—सम्पूर्ण नागरिकों की समता, वाणी एवं समाचारपत्रों की स्वतंत्रता। मैं विचार की बात कर रहा हूं।"

"लूट, हत्या के विचार की !" किसीने कहा।

"कहीं-कहीं यह ज्यादती हुई पर क्रान्ति का मूल अर्थ इनमें निहित नहीं वरन मानव के अधिकार में, परम्परामों से उसकी मुक्ति में, समत्व में है और नेपोलियन ने इन्हें पूरी तरह कायम रखा।" पीरी ने कहा।

"स्वाधीनता और समता! भारी-भरकम शब्द जो अब तक अपमानित और पददलित हो चुके हैं। क्या जनता क्रान्ति के बाद ज्यादा सुखी है ? बल्कि स्थिति उलटी है। हम मुक्ति चाहते थे, बोनापार्ट ने तो उसे कुचल दिया।" मोर्त्तमार्त्त बोला।

"हे मेरे ईश्वर ! मोश्ये पीरी ! क्या तुम ड्यूक की हत्या या किसी मानव की हत्या करनेवाले को निर्दोष कहते हो ?" पावलोवना ने आश्चर्यमिश्रित स्वर में पूछा।

"और इसीलिए कि उसने अफ्रीका में घायलों को मरवा दिया? भयानक !" मोहिनी राजकुमारी ने कहा।

मोश्ये पीरी की समझ में न आया कि किसे जवाब दे। उसके चेहरे पर एक अजीब मुस्कान थिरकने लगी, जैसे पुराना चेहरा एकदम बदल गया हो—बच्चों की-सी, अत्यन्त मनोरम, निर्दोष मुस्कान। मोर्त्तमार्त्त ने देखा कि आदमी उतना भयानक नहीं जितना शब्दों से जान पड़ता है। हर आदमी मौन हो गया।

प्रिंस ऐन्ड्री ने कहा—"सबका जवाब एकसाथ कैसे दिया जा सकता है ? फिर किसी राजनीतिवेत्ता के कार्यों की आलोचना करते समय एक व्यक्ति के रूप में उसके कार्यों को सेनापति या सम्राट के रूप में किए कार्यों से अलग करके देखना चाहिए। मुझे तो यही ठीक लगता है।"

"हां, हां, ऐसा ही है।" प्रसन्न होकर पीरी ने कहा।

"यह तो स्वीकार करना ही होगा कि आर्कोला ब्रिज पर जाफा के अस्पताल में प्लेगग्रस्त मरीजों के प्रति उसने जो व्यवहार किए उससे मानव रूप में उसकी महत्ता प्रकट होती है। हां, उसके ऐसे भी कार्य हैं जिनका समर्थन नहीं किया जा सकता।" ऐन्ड्री ने कहा।

काफी देर हो गई थी। इसलिए अतिथि धीरे-धीरे विदा होने लगे। पीरी को इस प्रकार की ड्राइंग रूम सोसाइटी का अभ्यास नहीं था। वह नहीं जानता था कि कैसे ड्राइंगरूम में प्रवेश किया जाता है और कैसे उससे बाहर निकला जाता है, इसे तो और भी कम जानता था। पर उसकी यह सारी अयोग्यता उसके भोले स्वभाव, सरलता और सुशीलता के कारण छिप जाती थी। इसलिए जाते समय पावलोवना ने उसकी उजड्डता को भूलकर कहा—"आशा है, तुमसे फिर भेंट होगी और तब तुम्हारी राय भी बदल गई होगी।"

पीरी ने कोई उत्तर नदिया केवल एक दिल जीतने वाली मुस्कान उसके होंठों पर दिखाई पड़ी, मानो कह रही हो—'मेरी सम्मति जो भी हो पर देख लो कि मैं कैसा अच्छा और सहृदय व्यक्ति हूं।' पावलोवना क्या, हर आदमी ने इसे अनुभव किया। इसके बाद प्रिंस ऐन्ड्री अपनी सुन्दरी पत्नी के साथ गाड़ी में बैठकर चले गए और जाते हुए पीरी को अपने यहां आने का आमंत्रण देते गए।

घर के आदमी की भांति पीरी ऐंड्री के अध्ययन-कक्ष में जाकर एक

सोफे पर लेट गया। ऐन्द्रीने आते ही कहा—"तुमने तो अन्ना को बड़ा आघात पहुंचाया। वह पछता रही होगी कि कहां से बुलाया।" पीरी ने ऐसा कहकहा लगाया कि सोफा कड़कड़ा उठा। फिर बोला, "मोरिया बड़ा दिलचस्प है किन्तु उसने एक गलत धारणा बना ली है। मेरी समझ से स्थायी शान्ति संभव है, पर राजनीतिक सत्ता के संतुलन से नहीं..."

ऐंद्री को ऐसे काल्पनिक विवादों में कोई दिलचस्पी न थी। इसलिए उसने उस बात को टालकर पूछा—"हटाओ, यह बतायोकि तुमने अपने बारे में क्या निश्चय किया है ? तुम अश्वारोही सेना में जा रहे हो या राजनयिक सेवा में ?"

पीरी ने आसन पर बैठते हुए कहा—"अभी तक मैं कुछ नहीं जानता कि क्या होगा। वैसे मुझे दोनों में से एक भी पसन्द नहीं है।"

"किन्तु तुम्हें शीघ्र कुछ निर्णय कर लेना चाहिए। तुम जानते हो कि तुम्हारे पिता यही आशा लगाए बैठे हैं।"ऐन्द्री ने कहा।

पीरी दस वर्ष की अवस्था में शिक्षा प्राप्त करने के लिए विदेश भेज दिया गया था। बीस वर्ष की आयु तक वह वहां रहा। जब वह मास्को लौटा तो पिता ने उससे कहा—"तुम अब पीतर्सबर्ग चले जाओ। वहां अपने बारे में निश्चय करो। तुम जो निश्चय करोगे उसे ही मैं स्वीकार कर लूंगा। यह प्रिंस वैसिली के नाम पत्र है। ये रुपये लेते जाओ। हर बात विस्तार के साथ मुझे लिखना। मैं हर तरह से तुम्हारी मदद करूंगा।" तीन महीने से पीरी यहां था किन्तु अभी तक अपने भावी कार्य के विषय में कुछ भी निश्चय न कर पाया था।"

"तुम अश्वारोही रक्षक-दल में गए थे ?" ऐन्द्री ने पूछा।

"नहीं, किन्तु मैं इसीके विषय में तुमसे बातें करना चाहता था। यह लड़ाई नेपोलियन के विरुद्ध है। यदि यह युद्ध स्वतंत्रता के लिए होता तो मैं इसे समझ सकता था; और तब मैं पहला प्रादमी होता जो सेना में भरती हो गया होता, किन्तु विश्व के सबसे महान व्यक्ति के विरुद्ध इंग्लैण्ड और आस्ट्रिया की मदद करना—यह कुछ ठीक नहीं जंचता।"

ऐन्द्री पीरी की बाल-सुलभ बातों पर कंधे हिलाकर चुप हो गए—

मानो ऐसी वाहियात बातों का जवाब देना व्यर्थ हो। पर असल बात यह थी कि इस बात का सचमुच कोई जवाब न था, सिवाय उस जवाब के जो ऐन्द्री ने दिया—"यदि हर आदमी केवल अपने विश्वास के अनुसार युद्ध करे तो यद्ध ही नहीं होगा।"

"और वह कैसी अच्छी बात होगी।" "पीरी ने कहा।"

"पर ऐसा कभी होगा नहीं।" ऐन्द्री ने कहा।

"अच्छा बताओ, तुम लड़ाई पर किसलिए जा रहे हो?"

"किसलिए ? मैं खुद नहीं जानता। जाना है इसलिए जा रहा हूं। इसलिए भी जा रहा हूं, कि जो जीवन मैं यहां बिता रहा हूं वह मुझे पसन्द नहीं है।"

इसी समय ऐन्द्री की खूबसूरत पत्नी आ गई। उसके बैठ जाने पर पीरी ने कहा—"मैं अभी तक तुम्हारे पति से बहस कर रहा था। मुझे समझ में नहीं आता कि वह लड़ाई परक्यों जाना चाहते हैं?" राजकुमारी कांप उठी। पीरी के शब्दों ने उसके हृदय के कोमल अंश को छू दिया। वह बोली—"आह, मैं भी तो यही कहती हूं। मुझे समझ में नहीं आता कि पुरुष बिना युद्ध किए क्यों नहीं रह सकते ? आखिर, हम स्त्रियां तो इस तरह की कोई चीज़ नहीं चाहतीं ? तुम्हीं निर्णय कर दो। हर जगह ऐन्द्री की इज़्ज़त है। सम्राट ने सदा अपनी शुभाभिलाषा व्यक्त की है। चाहने पर इन्हें कोई भी अच्छा पद मिल सकता है। तुम क्या सोचते हो?"

पीरी ने ऐन्द्री की ओर देखा। उसे समझते देर न लगी कि ऐन्द्री इस विषय पर चर्चा पसन्द नहीं करता। इसलिए उसने कुछ उत्तर न देकर पूछा—"आप कब जा रही हैं ?"

"मुझसे जाने के विषय में कोई बात न करो। मैं वैसी कोई बात सुनना तक नहीं चाहती। जब मैं सोचती हूं कि यहां के सम्पूर्ण सम्बन्ध टूट जाएंगे। फिर ऐन्द्री !" अपने पति की ओर विशेष भाव से देखते हुए पत्नी बोली—"मुझे बड़ा डर लगता है।"

"किस बात का डर लीज़ा? मुझे तो कुछ समझ में नहीं आता।"

"देखो तो सभी पुरुष कैसे अहंवादी होते हैं। अपनी सनक के लिए, अकारण वह मुझे छोड़ रहे हैं और मुझे अकेली गांव में रहने को भेज रहे हैं।"

"मैं अभी तक समझ नहीं पाया कि तुम्हें भय क्या है ?" ऐन्द्री ने पत्नी की ओर देखते हुए पूछा। राजकुमारी शर्म से लाल हो उठी और निराशापूर्वक झुंझलाकर उसने हाथ हिलाए।

"नहीं, ऐन्द्री नहीं; मैं कहती हूं तुम कितने बदल गए हो?"

"तुम्हारे डाक्टर का आदेश था कि तुम्हें जल्द सो जाना चाहिए। जाओ, सोने जानो।"

राजकुमारी ने कुछ नहीं कहा किन्तु सहसा उसके होंठ हिलने लगे। ऐन्द्री उठ खड़ा हुआ। पीरी अपने चश्मे में से कभी इधर, कभी उधर देखता—उसे बड़ा आश्चर्य हो रहा था। सोच ही रहा था कि वह भी उठे या न उठे कि राजकुमारी का चेहरा भयानक हो उठा और उसने सहसा उत्तेजित होकर कहा—"मोश्ये पीरी वहां हैं तो मुझे उसकी कोई परवा नहीं। ऐन्द्री ! मैं तुमसे अर्से से कहना चाहती रही हूं कि तुम अब इतने बदल क्यों गए हो? मैंने तुम्हारा क्या किया है ? तुम लड़ाई पर जा रहे हो, तुम्हें मेरी कोई परवा नहीं है। ऐसा क्यों ?"

"लीज़ा !" केवल एक शब्द ऐन्द्री ने कहा। उस एक ही शब्द में विनती एवं खतरा तथा यह विश्वास था कि बाद में वह खुद अपने शब्दों पर दुखी होगी। किन्तु वह कहती ही गई—"तुम मेरे साथ ऐसा व्यवहार करते हो गोया मैं मरीज़ या कोई बच्चा हूं। पर छः महीने पहले तुम ऐसे न थे।"

"लीज़ा ! मैं तुम्हें चुप रहने के लिए कहता हूं।"

पीरी इस वार्तालाप से अधिकाधिक उत्तेजित होता जा रहा था। वह उठकर राजकुमारी के पास गया। उसके आंसुओं ने उसे इतना प्रभावित किया कि वह खुद रोने-रोने को हो गया। मुश्किल से बोला—दुखी न हों। मैं स्वयं अनुभव करता हूं किन्तु, किन्तु एक बाहरी आदमी का आपके घरेलू मामलों में दखल देना ठीक नहीं। आप दुखी न हों...नमस्कार।"

प्रिंस ऐन्द्री ने हाथ बढ़ाकर पीरी को रोक लिया—"नहीं, ज़रा ठहरो

पीरी ! लीज़ा बड़ी भली है ; वह मुझे तुम्हारे साथ सन्ध्या बिताने के लाभ से वंचित न करेगी।"

"हां, यह केवल अपनी ही बात सोचते हैं।" लीज़ा ने गुस्से के आंसुओं को रोकने का प्रयत्न करते हुए कहा।

"लीज़ा!" तीव्र वाणी में, मानो धीरज चुक गया हो, ऐन्द्री ने कहा।

तुरन्त लीज़ा के सुन्दर चेहरे पर क्रुद्ध गिलहरी वाला भाव दूर हो गया और उसकी जगह भय की मुद्रा ने ले ली। देखकर हमदर्दी होती थी। उसकी दृष्टि में अब पश्चात्ताप एवं विनय की भीख थी।

"मेरे देवता! मेरे देवता !" कहते हुए लीज़ा अपने स्वामी के निकट गई और उनका माथा चूम लिया। ऐन्द्री ने "शुभरात्रि लीज़ा" कहकर उसके हाथों को यों चूमा मानो वह कोई अजनबी हो।

दोनों मित्र मौन थे। कोई कुछ बोलता न था। पीरी ने ऐन्द्री की ओर देखा ; ऐन्द्री अपने हाथों से अपना माथा मींजने लगा। फिर बोला—"चलो, भोजन के लिए चलें।" दोनों भोजन के कमरे में गए। वहां सबमें एक नवीन सज्जा थी, जैसी नवविवाहितों के यहां दिखाई पड़ती है। भोजन के बीच में टेबल पर कुहनी के सहारे झुककर ऐन्द्री ने एक ऐसे आदमी की तरह, जो बड़ी देर से कुछ चिन्ता कर रहा हो और एकाएक उसे प्रकट करने का निश्चय कर ले, कहा—कभी शादी न करना प्यारे मित्र, कभी शादी न करना। तब तक नहीं जब तक तुम वे सब काम न कर लो जो करने की शक्ति तुममें है। शादी तब करो जब तुम बूढ़े और बिलकुल असमर्थ हो जाओ, नहीं तो तुममें जो कुछ भी सत् और महत् है वह सब नष्ट हुआ समझो।" पीरी चश्मा हटाकर आश्चर्य से ऐन्द्री की ओर देखने लगा।

ऐन्द्री ने कहा—"मेरी पत्नी श्रेष्ठ महिला है। वह उन दुर्लभ स्त्रियों में है जिसके साथ हम अपनी इज़्ज़त-आबरू सुरक्षित समझ सकते हैं। परन्तु मेरे ईश्वर ! मैं अविवाहित स्थिति में आने के लिए अपना सब-कुछ न्योछावर करने को तैयार हूं। मैंने केवल तुमसे, पहली ही बार, यह बात

कही है, क्योंकि मैं तुम्हें पसन्द करता हूं। तुम नहीं समझ सकते कि मैं यह क्यों कह रहा हूं। जीवन की समस्त कथा इतनी ही बात में छिपी हुई है। बोनापार्ट इसीलिए बढ़ सका कि वह स्वतन्त्र पुरुष की भांति एक-एक सीढ़ी अपने लक्ष्य की ओर बढ़ता रहा और अन्त में उसे प्राप्त कर लिया, किन्तु यदि तुम किसी स्त्री के साथ अपने को बांध लेते हो तो श्रृङ्खलाबद्ध बन्दी की भांति तुम सम्पूर्ण स्वतन्त्रता खो देते हो और तब तुम्हारे अन्दर जो शक्ति है, जो आशा है, वह तुमपर एक भार की भांति चढ़ बैठती है और तुम्हारा जीवन शोकाच्छन्न हो उठता है। ड्राइंग-रूम, गपशप, नृत्य, अहंकार एवं अपव्यय की आकर्षक परिधि से मैं बाहर नहीं निकल सकता। मैं इस समय युद्ध में शामिल होने जा रहा हूं—युद्ध जो सबसे बड़ा युद्ध होगा पर मैं उसके विषय में कुछ भी नहीं जानता; मैं किसी भी लायक नहीं हूं। और यह नीच समाज, जिसके बिना मेरी पत्नी रह नहीं सकती, और ये स्त्रियां...यदि तुम सचमुच जान लो कि ये सामाजिक स्त्रियां (सोसायटी वीमेन) क्या हैं, और स्त्रियां भी श्राम तौर पर क्या हैं, तब मालूम होगा कि मेरे पिता जो कहते हैं, ठीक है। अहंकार, आत्मश्लाघा, बेवकूफी, व्यर्थ बातों पर झों-झों, यही हैं स्त्रियां जब वे अपने असली रूप में व्यक्त हो उठती हैं। सोसायटी में, उसकी चमक-दमक में देखकर लगता है कि वे कुछ हैं पर वे कुछ नहीं हैं, कुछ नहीं। नहीं, ब्याह न करना, मेरे मित्र, ब्याह न करना।"

"तुम भी अपने को असफल, नष्ट जीवन मानते हो? तुम जिसके पास सब कुछ है और तुम...?" पीरी ने कहा। पीरी ऐन्द्री को सम्पूर्ण पूर्णताओं का नमूना समझता था क्योंकि जिन बातों की उसमें कमी थी वे सब उसमें पूर्ण मात्रा में थीं। पीरी में संकल्प शक्ति का अभाव था और वह ऐन्द्री में भरपूर थी। ऐन्द्री का ज्ञान भी विशद था।

"मेरे दिन खत्म हो गए," ऐन्द्री ने कहा। "मेरे बारे में बात करने से क्या लाभ है ? अपने विषय में बात करो।"

"मेरे बारे में बात करने को क्या है ? मैं क्या हूंहं? एक दोगला। जो नाम, धाम और भाग्य' सबसे वंचित है। ...पर जो हो, मैं जैसा भी हूं अपने-आप में

सन्तुष्ट हूं। मैं स्वयं नहीं जानता कि मैं क्या कर सकता हूं? मैं तुम्हारी सलाह चाहता हूं।" पीरी ने कहा।

"तुम हमारे समाज में एक जीवित व्यक्ति हो, इसीलिए मैं तुम्हें पसन्द करता हूं। तुम भाग्यवान हो। तुम जो कुछ करोगे ठीक करोगे। पर एक बात है तुम कुरागिनों के यहां जाना छोड़ दो। तुम्हारे लिए वह अच्छी बात नहीं है। महिलाओं की बात दूसरी है। किन्तु कुरागिन स्त्रियां—स्त्रियां और शराब ! मैं इसे बिलकुल नहीं समझ पाता।" ऐन्द्री ने कहा।

पीरी वेसिली कुरागिन के घर पर ही रहता था और उसका पुत्र अनातोल के राग-रंग में शामिल था।

"मैं भी बहुत दिनों से यही सोच रहा हूं। इस प्रकार का जीवन बिताते हुए मैं कुछ निर्णय नहीं कर सकता, न किसी चीज़ पर ठीक विचार ही कर सकता हूं।"

"तब मुझे वचन दो कि तुम वहां जाना छोड़ दोगे।"

"देता हूं।"

रात को एक बज गया था जब पीरी अपने मित्र से विदा हुआ। रास्ते में उसे याद आया कि आज अनातोल कुरागिन के घर सब जुआरी एकत्र होने वाले थे, जुए के बाद मद्य का दौर चलने वाला था। मन में आया—वहां जाऊं। फिर अपने वचन की याद आ गई। किन्तु जैसा दुर्बल चित्त व्यक्तियों में प्रायः देखा जाता है, उसके मन में तूफान की भांति इच्छा पैदा हुई कि सिर्फ एक बार आज और वहां का मज़ा ले लूं। वचन टूटता है, पर वचन तो मैं अनातोल को भी दे चुका हूं कि ज़रूर आऊंगा। अन्त में उसने विचार किया कि ऐसे वचनों का कोई विशेष महत्त्व तो होता नहीं; जीवन का क्या ठिकाना और मरने के बाद प्रतिष्ठित और अप्रतिष्ठित की विभाजक रेखा कहां रह जाती है ? उसके सब निश्चय समाप्त हो गए और वह कुरागिन के यहां पहुंच गया। पहले कमरे में शराब की टूटी बोतलें पड़ी थीं। उसे पार कर ऊपर के कमरे में पहुंचा, देखा सब पीकर उन्मत्त हैं और

एक आदमी ऊपर की खिड़की पर खड़ा है। पीरी ने पूछा—'माजरा क्या है ?" अनातोल दौड़कर शराब की एक बोतल लाया। बोला—"पहले इसे पी लो, फिर बात करो। पीरी गिलास पर गिलास पीता गया। अनातोल उसे बताता जा रहा था—"दोलोहोव ने स्टीवेंस से शर्त बदी है कि वह तीसरी मंज़िल की खिड़की पर बैठकर और दोनों पैर बाहर लटकाए हुए 'रम' की पूरी बोतल पिएगा।" कुरागिन और दोलोहोव भयंकर जुआरी और पियक्कड़ थे। दोलोहोव ने खिड़की में बैठकर बाहर पैर लटकाए हुए और बिना हाथ से कुछ पकड़े बोतल पी-पीकर खाली कर दी। तालियां पिटीं। लोग उसकी शक्ति पर आश्चर्य-विमूढ़ हो गए।

सहसा पीरी भीड़ को चीरता आगे आ गया और बोला—"मैं भी इसी प्रकार कर सकता हूं। मुझे भी बोतल दो।" और वह उछलकर खिड़की पर चला गया और बोतल के सहारे शरीर का संतुलन कायम करके उसी भांति सफलता के साथ प्रदर्शन कर दिखाया जैसा दोलोहोव कर चुका था।

प्रिंस वेसिली ने पावलोवना की गोष्ठी में प्रिंसेज़ द्रु वेत्स्की के एकमात्र पुत्र बोरिस के लिए सम्राट से कहने का जो वादा किया था, उसे पूरा किया। बोरिस को सोम्नोवेस्की गार्ड्स में सब-लेफ्टिनेंट का स्थान प्राप्त हुआ। बोरिस की मां अन्ना मिहालोवना तुरन्त मास्को, अपने धनवान रिश्तेदार काउण्ट रोस्तोव के पास लौट आईं। वे वहीं रहती थीं। बोरिस की शिक्षा-दीक्षा भी बचपन से यहीं हुई थी। जिस सैनिक दल में बोरिस की नियुक्ति हुई थी वह 10 अगस्त को ही लड़ाई के लिए रवाना हो चुका था; बोरिस मास्को में इसलिए ठहरा हुना था कि अपनी वर्दी आदि लेकर दल से रात्ज़ी विलोव की सड़क पर आ मिले।

काउण्ट रोस्तोव के यहांआज कोई समारोह था। काउंटेस पैंतालीस वर्ष की प्राच्य रूप-रंग की महिला थीं। देखने से स्पष्ट जान पड़ता था कि बच्चा जनते-जनते शिथिल हो चुकी हैं। उनके बारह बच्चे थे। बातचीत और चाल में संयम के कारण उनमें एक मर्यादा व्यक्त होती थी, जो लोगों को उनका सम्मान करने को विवश करती थी। इस समारोह में बहुत-से

सम्मानित अतिथि आए। औरतों में परस्पर अभिवादन, अभिनन्दन, हर्ष एवं वार्तालाप का सिलसिला चल पड़ा था। पर बूढ़े काउंट बेजुहोव की बीमारी की चर्चा सबकी ज़बान पर थी। अन्ना मिहालोवना खूब बढ़-बढ़कर बोल रही थी—"मुझे बेचारे बूढ़े काउण्ट के लिए बड़ा अफसोस है। उनका स्वास्थ्य खतरे की अवस्था में है और अपने पुत्र के कारण वह और भी दुखी है—चिन्ता उनकी जान लेकर रहेगी।"

"क्यों, क्या बात है ?" काउण्टेस ने पूछा।

"यह आधुनिक शिक्षा का फल है। जब वह विदेश में था, मनमाना जीवन बिताता था और अब जब पीटर्सबर्ग में है तो यह हाल है कि उसे पुलिस के पहरे में बाहर ले जाना पड़ा है। प्रिंस वेसिली का एक लड़का और दोलोहोव नाम के दो बुरे मित्रों की संगत में वह खराब हो रहा है। दोलोहोव अपने पद से नीचे उतार दिया गया और बेजुहोव का पुत्र पैरी मास्को निर्वासित कर दिया गया है। अनातोल कुरागिन के बाप ने किसी तरह मामले को रफा-दफा करा दिया पर उसे भी पीतर्सबर्ग का त्याग करना पड़ा। काउंट बेजुहोव के पुत्र की करतूतें देख-सुनकर सबको दुख होता है। यह सब विदेशी शिक्षा का परिणाम है। मैं समझती हूं कि उसके महत् ऐश्वर्य के साथ भी यहां उसका स्वागत कोई न करेगा ?"

"तुम यह कैसे कहती हो कि युवक इतना धनवान है ? काउण्ट के तो कोई वैध संतान है नहीं। मैं समझती हूं, पीरी भी अवैध ही है।" काउण्टेस ने कहा।

"काउण्ट बेजुहोव का आचरण तो सबको मालूम ही है, किन्तु पीरी को वह शुरू से ही बहुत चाहते हैं। अपनी पत्नी के कारण सारी जायदाद के सीधे वारिस तो प्रिंस वेसिली होते हैं किन्तु पिता पीरी को बहुत चाहते हैं, इसीलिए उन्होंने उसे शिक्षा के लिए विदेश भेजा और उसके बारे में उन्होंने सम्राट को भी कुछ लिखा है। इसलिए कोई नहीं कह सकता कि सम्पत्ति वेसिली को मिलेगी या पीरी को—चालीस हज़ार दास और लाखों रुपये।" अन्ना ने कहा।

"प्रिंस वेसिली भी कल मास्को आ गए हैं।" एक स्त्री ने बताया।

अन्ना मिहालोवना का पुत्र बोरिस और काउण्ट के पुत्र निकोलाय बचपन से ही गहरे मित्र थे। दोनों समवयस्क थे। बोरिस ज़रा लम्बा था। बातचीत के सिलसिले में काउंट ने कहा—"देखिए, निकोलाय के मित्र बोरिस को सेना में अफसर का पद मिला तो निकोलाय भी युनिवर्सिटी और बूढ़े पिता को छोड़कर लड़ाई पर जा रहा है। पुरातत्त्व विभाग में उसके लिए स्थान था पर उसकी उसने परवा न की? यह है मित्रता।"

"यह मित्रता की बात नहीं है।" तमतमाता हुआ निकोलाय बोला। "असलियत यह है कि सैनिक सेवा की ओर ही मेरा आकर्षण है। मैं आपसे कह चुका हूं, पापा, कि आप यदि मुझे नहीं जाने देना चाहेंगे तो मैं रुक जाऊंगा पर मैं जानता हूं कि सिवा सेना के मैं और किसी लायक नहीं हूं।"

जब लोग बातों में मशगूल थे तो काउंट की पुत्री नताशा ड्राइंगरूम से बाहर आ गई। वह बोरिस से एकांत में मिलना चाहती थी। उसने बाहर आती पगध्वनि सुनी तो छिप गई। निकोलाय बाहर आया, सोनिया भी वहीं खड़ी थी। निकोलाय ने कहा—"क्या बात है सोनिया ?"

"कुछ नहीं, कुछ नहीं, मुझे अकेले छोड़ दो।" सोनिया सिसकती हुई बोली।

"मैं जानता हूं, क्या बात है ?"

"अच्छा जानते हो तो जाओ उसके पास।"

"सोनिया, तुम झूठी कल्पना में मुझे कितना दुख दे रही हो।" कहते हुए निकोलाय ने उसके हाथ अपने हाथ में ले लिए। सोनिया ने हाथ नहीं हटाए।

"सोनिया, मैं दुनिया में और किसी चीज़ के लिए परवा नहीं करता। तुम्हीं मेरा सर्वस्व हो। मैं इसे प्रमाणित करके रहूंगा।"

"तुम्हारा इस तरह बातें करना मुझे पसन्द नहीं।"

"अच्छा तो आओ, मुझे क्षमा कर दो।" कहकर निकोलाय ने उसे अपने पास खींचकर चूम लिया। फिर दोनों चले गए। नताशा ने यह देखा तो

आवाज़ देकर बोरिस को बुलाया। उसे कुंजों की झुरमुट में ले जाकर हाथ पकड़ते हुए बोली—बोरिस, क्या तुम मेरा चुम्बन न लोगे ?"

बोरिस का मुंह लाल हो गया। वह बोला— "बड़ी मूर्ख हो तुम ?"

नताशा पास पड़े टब पर चढ़ गई और अपने दोनों हाथ बोरिस के गले में डालकर उसके होंठ चूम लिए और फिर कुंजों की ओट में जाकर छिप गई। बोरिस ने कहा—"नताशा, तुम जानती हो कि मैं तुम्हें प्यार करता हूं, किन्तु अभी हमें ऐसा आचरण नहीं करना चाहिए। चार वर्ष बाद मैं तुमसे जीवन-संगिनी बनने के लिए कहूंगा।"

"तेरह, चौदह, पन्द्रह, सोलह !" उंगली की पोर पर गिनते हुए नताशा बोली। "अच्छा, तो यह तय रहा।"

"तय।"

"सदा के लिए ? मृत्यु तक ?" और नताशा उसकी बांह पकड़े हुए प्रसन्न मुद्रा में चली गई।

उधर अन्ना मिहालोबना काउण्टेस से कह रही थी—"तुम जानती हो, मैं तुम्हारी मित्रता को कितनी कीमती मानता हूं। तुमसे कुछ न छिपाऊंगी। मेरे पास दुनिया में कुछ नहीं है और मैं नहीं जानती कि बोरिस की वर्दी आदि कैसे बनेगी। मैं मरते हुए बेजुहोव के पास उसे लेकर जा रही हूं। वे उसके-धर्म पिता हैं। शायद पसीजकर उसके लिए भी इस मरणकाल में कुछ प्रबन्ध कर दें। मेरे मन में प्रायः यह विचार आता है, यद्यपि वह पापपूर्ण है कि एक ओर प्रिंस कीरिल बेजुहोव अकेले इतनी बड़ी सम्पत्ति भोग रहे हैं —और वे जी किसलिए रहे हैं ? जीवन उनके लिए एक बोझ है जबकि बोरिस अभी अपना जीवन प्रारम्भ करने जा रहा है।"

"वह अवश्य बोरिस के लिए कुछ न कुछ छोड़ जाएंगे।" काउंटेस ने कहा।

"ईश्वर ही जाने क्या होगा। ये धनवान बड़े अभिमानी होते हैं। पर

मैं बोरिस को लेकर तुरन्त उनसे मिलने जा रही हूं। जब मेरे पुत्र का भाग्य इधर में लटक रहा है, तब मैं स्थिर नहीं रह सकती। दो बजे हैं, चार बजे आप भोजन करती हैं, तब तक मैं लौट आऊंगी।" मिहालोवना ने कहा। जब वह हाल से बाहर जा रही थी काउण्ट ने उससे कहा—"यदि बेजुहोव की तबीयत कुछ संभली हो तो पीरी से कहना आज हमारे साथ ही भोजन करे। उसे निमन्त्रण देना न भूलना।" मिहालोवना बोरिस के साथ चली गई।

बेजुहोव के विशाल महल में उसकी भेंट वेसिली, पीरी तथा राजकुमारियों से हुई। काउण्ट बेजुहोव की हालत नाजुक थी; बीच-बीच में गहरी मूर्च्छा आ जाती थी। पीरी चुपचाप अपने कमरे में पड़ा हुआ था। एक बार भी उसकी बुलाहट नहीं हुई थी। काउण्ट की अन्य संतानें तथा सम्बन्धी अपने-अपने फेर में थे। सबको यही चिन्ता थी कि काउण्ट ने अन्तिम वारिस किसको नामजद किया है। मिहालोवना ज़बर्दस्ती रास्ता बनाकर अन्तिम काल में पीरी के साथ काउण्ट की शय्या तक गई और वहां से निकलकर बड़ी चालाकी से वह बैग उड़ा लाई जिसमें काउण्ट ने अपना 'विल' किया था। दूसरे दिन उसने पीरी से कहा—"बेटे ! वसीयतनामा अभी खोला नहीं गया है परन्तु मुझे आशा है कि जो विशाल वैभव तुम प्राप्त करोगे वह तुम्हें पागल न कर देगा। मैं वहां न होती तो न जाने क्या हो गया होता।"

प्रिंस निकोलाय एन्द्रिविच बोलकोंस्की की ज़मींदारी के केन्द्रस्थान ब्लीक हिल्स में तरुण प्रिंस ऐन्द्री और उनकी पत्नी की प्रतीक्षा की जा रही थी। किन्तु इस प्रतीक्षाजन्य उत्कण्ठा के बीच भी बूढ़े प्रिंस के घर के वातावरण में ज़रा भी विक्षोभ व परिवर्तन नहीं था; सब कुछ नियमित गति से, घड़ी की सूई की तरह चल रहा था। निकोलाय किसी ज़माने में रूस के प्रधान सेनापति थे और फैशन की दुनिया में 'प्रश्न किंग' के नाम से पुकारे जाते थे। पर पाल के शासनकाल में वह अपनी ही ज़मींदारी में नजरबन्द कर दिए गए थे और तब से अपनी लड़की प्रिंसेज़ मैरिया और उसकी संगिनी मैदमायज़ली बाडरीन के साथ ब्लीक हिल्स में ही रह रहे थे। यद्यपि

नये शासन ने उन्हें राजधानी लौटने की अनुमति दे दी थी परन्तु वे अपना ग्राम्यनिवास छोड़कर वहां नहीं गए। कहते थे कि जिसे मुझसे मिलना होगा यहीं आ जाएगा। खुद उन्हें किसी आदमी या किसी चीज़ की आवश्यकता न महसूस होती थी। उनका कहना था कि समस्त मानवीय अपराधों का जन्म केवल दो स्रोतों से होता है-आलस्य और मूढ़ विश्वास। इसी प्रकार गुणों के भी दो ही स्रोत हैं—कर्तत्व और विवेक। लड़की को वे खुद पढ़ाते थे और उसमें इन गुणों का विकास करने के लिए बीस साल की उम्र में भी एलजबरा और ज्यामिति के पाठ नियमित रूप से देते रहते थे। जहां तक अपना सवाल था वे सदा अपने संस्मरण लिखने में या उच्च गणित के प्रश्न हल करने में लगे रहते थे। इनसे समय बचता तो खराद पर सुंघनी की डिबियाएं बनाते, बाग में काम करते अथवा अपने कृषिक्षेत्र में सदा ही होते रहने वाले भवन-निर्माण के कार्यों का निरीक्षण करते थे। नियमितता और समय-पालन उनके लिए स्वभाव का अंग बन गए थे। वह एक निश्चित समय पर भोजन करते थे जिसमें घण्टे का ही नहीं मिनटों का भी ख्याल रखा जाता था। लड़की और सेवकों सबके प्रति वे काम लेने में कठोर थे, इसीलिए निर्दय न होते हुए भी, लोग उनका भय और सम्मान करते थे।

जिस दिन तरुण दम्पती आने वाले थे, सदा की भांति ही मैरिया प्रातः निश्चित समय पर अपने हृदय में डरती और भगवान से विनती करती हुई पिता को प्रणाम करने गई। वे खराद पर अपने काम में लगे हुए थे। काम करते ही करते पूछा—“अच्छी हो ? अच्छा, बैठो।” इसके बाद ज्यामिति की एक पुस्तक उठाकर उसे काम करने के लिए दे दिया। राजकुमारी गंभीरतापूर्वक अपनी कापी में लिखने लगी। पिता ने कहा—“हां, तुम्हारी एक चिट्ठी है।” चिट्ठी पर किसी स्त्री की लिखावट थी। पिता ने पूछा—’हेलोज़ी की ?”

“हां, जूली की चिट्ठी है।”

“अब मैं केवल दो चिट्ठियां तुम्हें और दे सकूंगा। आजकल तुम वाहियात बातों में बहुत समय लगा रही हो। अच्छा, चलो। ये त्रिभुज समान

हैं। देखो, क ख ग कोण...।" पिता समझाते रहे पर पुत्री की समझ में कुछ भी न आता था। एक बार उसने गलत-सलत जवाब दिया। इसपर बूढ़े ने किताब फेंक दी और कहा—"तुम गधी हो। थोड़ी देर बाद उठकर उसके सिर पर हाथ फेरते हुए कहा—"इससे काम नहीं चलेगा। गणित एक महत् विषय है; मामूली औरतों की तरह तुम उसके साथ व्यवहार करो, मैं यह पसन्द नहीं करता। जरा धीरज के साथ पढ़ो तो तुम इसमें दिलचस्पी लेने लगोगी और सब वाहियात बातें तुम्हारे दिमाग से दूर हो जाएंगी।" फिर उसके गाल थपथपा दिए।

मैरिया अपने कमरे में लौट गई। उसके टेवुल पर किताब, कापियां, चित्र अनेक वस्तुएं अस्त-व्यस्त दशा में पड़ी हुई थीं। पिता जितने ही व्यवस्थित थे, लड़की उतनी ही अव्यवस्थित थी। कमरे में आकर वह जूली करागिन का पत्र, जो फ्रांसीसी भाषा में लिखा गया था, पढ़ने लगी :

"प्यारी सखी, तुम्हारी अनुपस्थिति कितनी भयंकर लगती है ! मेरे जीवन और सुख का कम से कम आधा अंश तुम्हारे ही पास है। इस लम्बे व्यवधान के बावजूद अदृश्य' बन्धनों से हमारे हृदय बंधकर एक हो गए हैं। अपने चतुर्दिक के मनोविनोद के होते हुए भी तुम्हारा साथ छूट जाने के बाद से मेरे हृदय के भीतर जो वेदना की अनुभूति समा गई है वह दूर नहीं होती और मैं सोचती हूं कि जैसी पिछली गर्मियों में हम साथ थीं, वैसे आज क्यों नहीं हैं; तुम्हारे शान्त, विनयपूर्ण मुख और बेधक दृष्टि से तीन मास पूर्व मुझे बड़ी नैतिक शक्ति प्राप्त हुआ करती थी, तुम्हारा वही चेहरा आज मेरी आंखों में घूम-घूम जाता है।

" मास्को में तो बस एक ही चर्चा सुनाई पड़ती है—युद्ध की। मेरा एक भाई तो पहले से ही विदेश था, दूसरा भी सैनिक गार्डों में भरती होकर सीमा की ओर गया है। हमारे प्रिय सम्राट स्वयं कमान संभालने पीतर्सबर्ग से जा रहे हैं। भगवान उस कोर्सिका के राक्षस का नाश करें, जो सारे यूरोप की शान्ति को खतरे में डाल रहा है। इस युद्ध ने मेरे एक हृदय-सखा को भी मुझसे जुदा कर दिया है— मेरा अर्थ है तरुण निकोलाय रोस्तोव से,

जो युनिवर्सिटी छोड़कर सेना में शामिल हो गए हैं। ...आज की सबसे महत्त्वपूर्ण खबर बूढ़े काउण्ट बेजुहोव की मृत्यु और उनकी वसीयत है। तुमको जानकर आश्चर्य होगा कि तीनों राजकुमारियों को नाममात्र का हिस्सा मिला है; प्रिंस वेसिली को कुछ भी नहीं मिला। सब कुछ पीरी को मिल गया। पीरी को वैध सन्तान के रूप में स्वीकृति भी सम्राट से मिल गई और वही नवीन काउण्ट बेजुहोव के रूप में इस अपार ऐश्वर्य के स्वामी हो गए हैं। लोग कहते हैं कि वेसिली ने इस मामले में बहुत बुरा सलूक किया है और वह अपमानित एवं निराश होकर पीतर्सबर्ग चले गए हैं।

"बस, बहुत लिख गई। तुम्हारे पिता को प्रणाम एवं मैदम बाउरीन को स्नेह। तुम्हें मेरा प्रेमालिंगन। —जूली।"

पुनश्च : "अपने भाई और मनोरमा भाभी के समाचार देना।"

प्रिंस की नासिकाध्वनि उनके अध्ययनकक्ष से आ रही थी। खिदमतगार उसे सुनता हुआ प्रतीक्षालय में ऊंघ रहा था। मैरिया अपना कमरा बन्द किए किसी कठिन गीत की एक कड़ी बार-बार गाकर याद कर रही थी। ऐसे ही समय एक गाड़ी भवन के दरवाजे पर आ लगी। प्रिंस ऐन्द्री ने उतरकर हाथ की मदद से अपनी पत्नी को उतारा। खिदमतगार खटपट सुनकर आ गया और बोला—"मालिक जरा विश्राम कर रहे हैं।" खिदमतगार जानता था कि किसी भी असाधारण घटना, यहां तक कि पुत्र के आगमन, से भी दैनिक क्रम में कोई रुकावट नहीं आ सकती। प्रिंस ऐन्द्री भी इस बात से वाकिफ थे। उन्होंने अपनी घड़ी यह जानने के लिए देखी कि इतने दिनों में पिता की आदतों में कोई अन्तर आया है या नहीं। मालूम हुया कि ज़रा भी अन्तर नहीं हुआ है। उन्होंने अपनी पत्नी की ओर घूमकर कहा—पिताजी बीस मिनट बाद उठेगे। चलो, तब तक मेरी के पास चलें।"

"यह तो एक महल-सा है।" मुस्कराते हुए पत्नी ने कहा।

रास्ते में उन्हें मैदम बाउरीन मिल गईं और खिल उठीं। वे मेरी को सूचित करने जा रही थीं कि श्रीमती ऐन्द्री ने उन्हें रोक लिया। और स्वयं

चुपचाप कमरे में गईं। ऐन्द्री ने पीछे-पीछे जाकर देखा कि दोनों एक-दूसरे को बांहों में भरे हुए हैं। ऐन्द्री को देखते ही मेरी ने आकर हाथ चूम लिए और बोली—"क्या तुम्हारा लड़ाई पर जाना निश्चित है ?"

"हां, और वह भी कल ही।"

"मुझे छोड़कर जा रहे हैं, पता नहीं क्यों, और उस समय जब उनकी पदोन्नति का अवसर आ गया है।" ऐन्द्री की पत्नी एलिज़ाबेथ ने कहा।

"क्या बात सच है ?" मेरी ने अपनी भाभी की ओर मुड़कर पूछा।

"हां ! मुझे बड़ा डर लगता है।"

लीजा (एलिज़ा) के होंठ कांपने लगे, वह अपनी ननद के मुंह के पास सिर रखकर रोने लगी।

ऐन्द्री ने कहा— "इसे विश्राम की ज़रूरत है। है न लीज़ा? अपने सोने के कमरे में ले जानो। तब तक मैं पिताजी से मिल पाऊं। वे कैसे हैं, उसी तरह ?"

"बिलकुल उसी तरह। वही नियम, वही काम। वही ज्यामिति के पाठ।" मेरी ने हंसते हुए कहा।

बीस मिनट बाद खिदमतगार तीहोन ऐन्द्री को पिता से मिलाने ले गया। वे कपड़ा बदलने के कक्ष में एक आरामकुर्सी पर बैठे हुए थे। पुत्र को देखते ही बोले—ओह मेरे वीर ! तो तुम बोनापार्ट से लड़ना चाहते हो? सावधान रहना नहीं तो वह शीघ्र ही हमें भी अपनी प्रजात्रों की सूची में शामिल कर लेगा। कैसे हो?"

"हां, पिताजी, मैं गर्भवती पत्नी के साथ आपके पास आया हूं। आपकी तबीयत कैसी है ?"

"केवल मूर्ख और निठल्ले लोग ही बीमार पड़ते हैं और तुम मुझे जानते हो। सुबह से रात तक काम में व्यस्त रहता हूं और कोई नशा नहीं करता। इसलिए अच्छा हूं। तुम्हारी पत्नी का स्वागत है। मेरी उसकी देख-रेख करेगी और गप लड़ाएगी। औरतों का यही ढंग है।"

इसके बाद दोनों देर तक युद्धनीति तथा व्यूह-रचना के विषय में बातें

करते रहे। फिर ऐंद्री ने विदा ली।

दूसरे दिन शाम को ऐन्द्री जा रहे थे। पिता अपने कार्यक्रम का सदा की भांति पालन करते रहे। लीज़ा मेरी के साथ थी। प्रिंस ऐन्द्री कपड़े बदलकर तैयार हो गए और अपने नौकर के साथ सामान रखने लगे। सब तैयारी कर लेने के बाद उन्होंने घोड़े जोतने की आज्ञा दी। उनका चेहरा कोमल और स्वप्निल लगता था। मन में युद्ध का भय हो या पत्नी को यों छोड़ जाने का दुःख, पर वे खूब खुश नज़र आते थे। इतने में मेरी आ गई और बोली—"पता नहीं, हम फिर कब मिलेंगे ? तुम बहुत बदल गए हो ऐन्द्री भैया।"

ऐन्द्री ने मुसकराकर कहा—"लीज़ा कहां है ?"

"वे इतनी थक गई थीं कि मेरे कमरे में सोफा पर सो गई हैं। ऐन्द्री ! भाभी क्या हैं, साक्षात् लक्ष्मी हैं—बड़ी मधुर, बच्चे जैसी। मैं उन्हें बहुत चाहती हूं।"

ऐन्द्री ने जवाब नहीं दिया पर मेरी ने देखा कि भाई के चेहरे पर एक व्यंग्य और उपहास की छाया आकर चली गई। वह बोली—"आदमी को छोटी-छोटी दुर्बलताओं पर ध्यान न देना चाहिए। उनसे कौन युक्त है दादा ? तुम्हें भूलना न चाहिए कि वे फैशनेबल औरतों की सोसायटी में पली और शिक्षित हुई हैं। आदमी को चाहिए कि अपने को दूसरे की स्थिति में रखकर देखे। प्रत्येक वस्तु को समझने का मार्ग प्रत्येक भूल को क्षमा कर देना है। ऐसा सामाजिक जीवन बिताने के बाद अपने पति से यों जुदा होना और अकेले गांव में रहना उनके लिए कितना कठिन होगा।"

"तुम भी तो यहां रहती हो, क्या यहां का जीवन ऐसा डरावना है ?" ऐन्द्री ने पूछा।

"मेरी बात दूसरी है ? मैं किसी और प्रकार का जीवन नहीं चाहती, क्योंकि मुझे किसी दूसरे प्रकार के जीवन का ज्ञान ही नहीं है। पर फैशनेबल सोसायटी में पली स्त्री के लिए अपने जीवन के सर्वोत्तम भाग को गांव में काट देना कठिन है। तुम जानते हो, पिताजी तो सदा ही व्यस्त रहते हैं और मैं...? अच्छा मेरी एक बात मानोगे ?"

"मानूंगा।"

"तो यह भगवद्मूर्ति का यंत्र है। इसे हमारे दादा सदा लड़ाइयों में पहना करते थे। वादा करोगे कि लड़ाई में इसे कभी न उतारोगे? यह कवच सदा तुम्हारी रक्षा करेगा।" कहकर उसने माला में गुंथी हुई वह मूर्ति ऐन्द्री को पहना दी और कुछ देर दोनों चुप रहे। फिर मैरिया कहने लगी—"तो मैं तुमसे कह रही थी भैया कि तुम्हें दयालु और उदार होना चाहिए—जैसा कि तुम थे। लीज़ा के प्रति कठोर होकर कोई निर्णय न करना। वह कितनी मृदु, कितनी अच्छी है और इस समय तो उसकी स्थिति बहुत ही कठिन है।"

"माशा, मैंने तो तुमसे अपनी पत्नी की कोई शिकायत नहीं की, न कोई असंतोष ही व्यक्त किया है। तब तुम ऐसा क्यों कह रही हो? जान पड़ता है, तुम्हें ऐसा ही बताया गया है। यही चीज़ मुझे दुखी कर देती है।"

मैरिया का मुंह लाल हो गया। ऐन्द्री समझ गए कि उसकी पत्नी ने बहन से रो-रोकर कहा है कि कठोर ससुर एवं पति के ऐसे उपेक्षापूर्ण व्यवहार के बीच उसका प्रसव कैसे बीतेगा। यही सब कहते-कहते वह सो गई है। उसने बहन से कहा—"माशा, एक बात तुमसे कहूं—मैं किसी बात के लिए अपनी पत्नी की निन्दा नहीं करता। कभी नहीं की और न कभी करूंगा। पर यदि तुम यह जानना चाहती हो कि क्या मैं सुखी हूं तो उत्तर है नहीं। क्या वह सुखी है ? नहीं। ऐसा क्यों है, यह मैं नहीं जानता।" ऐसा कहते हुए वह उठकर अपनी बहन के पास गया और उसका माथा चूम लिया। फिर बोला—"चलो, तुम्हारी भाभी के पास चलें। उसे विदाई का नमस्कार कर आएं। या पहले तुम जानो, उसे जगा दो। मैं एक मिनट में आता हूं।" उसने नौकर से सामान ले जाकर गाड़ी में रखने के लिए कहा। मेरी जाते हुए बोली—"ऐन्द्री, यदि तुममें विश्वास होता तो तुम ईश्वर से उस प्रेम की भिक्षा मांगते जो तुम अपने अन्दर नहीं पा रहे हो और तुम्हारी प्रार्थना अवश्य स्वीकार होती।" ऐन्द्री ने कहा—हो सकता है। माशा, जाओ, मैं अभी आता हूं।" थोड़ी देर बाद ही उसने अपनी पत्नी के पास पहुंचकर उसके सिर को थपथपाते हुए विदाई ली।

गाड़ी आ गई, सामान लद गया। सब नौकर-चाकर अपने छोटे मालिक को विदाई देने को खड़े थे। ऐन्द्री पिता से विदा होने उनके अध्ययन-कक्ष में गए। वे अपने टेबल पर बैठे लिख रहे थे। लिखते हुए बोले—जा रहे हो?"

"हां, प्रणाम करने आया हूं

"मेरा चुम्बन लो।" कहकर अपनेगाल बूढ़े ने आगे कर दिए।

"धन्यवाद।"

"धन्यवाद किसलिए पिताजी ?"

"निश्चित समय से अधिक मेरा समय न लेने और औरत के पीछे पागल न होने के लिए। सब वस्तुओं के ऊपर कर्तव्य को स्थान देने के लिए।" बूढ़े पिता ने हाथ मिलाते हुए कहा—अपनी पत्नी के लिए चिन्ता न करना, जो कुछ हो सकेगा, किया जाएगा। हां, यह पत्र मिहेल इलारियोनोविच को देना। इसमें मैंने उससे कहा है कि तुमसे अच्छी सेवा लें और ज्यादा दिन एडजूटेंट न रखे। कहना, मैं उसे याद करता हूं। मुझे लिखना कि वह किस तरह पेश आया। यदि उसका व्यवहार अच्छा हो तो निष्ठापूर्वक सेवा करना। निकोलाय बोलकोंस्की के पुत्र को किसीकी कृपा की भीख नहीं चाहिए।" फिर एक पांडुलिपि दिखाते हुए कहा—"मेरी मृत्यु के बाद यह सम्राट को देना। और यह बैंक के नाम पत्र है—जो कोई सरवोरोव की लड़ाइयों का इतिहास लिखेगा, उसे यह पारितोषिक मिलेगा। इसे अकादमी को भेज देना। और ये हैं कुछ टिप्पणियां जो तुम्हारे लिए हैं। मेरे बाद तुम इन्हें जीवन के लिए उपयोगी पाओगे।"

"आपकी आज्ञा का पालन करूंगा, पिताजी !"

"विदा !" पुत्र का आलिंगन करते हुए पिता ने कहा—"यदि तुम लड़ाई में मारे गए तो इस वृद्धावस्था में वह मेरे लिए दुखदायी होगा, किन्तु यदि मैंने सुना कि तुमने निकोलाय बोलकोंस्की के पुत्र के रूप में आचरण नहीं किया तो मैं लज्जित हूंगा। बस, जायो। जाओ।"

दो

अक्तूबर, 1805 ई० में आस्ट्रिया के आर्कड्यूक—अधिपति—के अधीन जो नगर और गांव थे उनपर रूसी सेनाओं ने अधिकार कर लिया था और उन्होंने ब्रानाउ के किले के आसपास छावनियां डाल दी थीं। रूस से सैनिक दस्ते बराबर चले आ रहे थे और इस क्षेत्र के निवासियों पर बोझ बढ़ता जा रहा था क्योंकि सेनामों को खाद्यान्न देने की ज़िम्मेदारी उन्हीं की थी। कुतूज़ोव इन सेनाओं के प्रधान सेनापति थे।

आज 11 अक्तूबर, 1805 है। अभी-अभी पैदल सेना का एक दस्ता आया है और गढ़ से आध मील पहले पड़ाव डालकर प्रधान सेनापति के मुआइने की प्रतीक्षा कर रहा है। प्रधान सेनापति का दल वक्त पर आया। उनके साथ सफेद वर्दी में एक प्रास्ट्रियन सेनापति भी गाड़ी पर बैठा है। कुतूज़ोव उतरा और नीचे गाड़ी के पावदान पर पैर रखे उसने आदेश जारी किया। दस्ते में खनखनाहट की ध्वनि हुई और उसने सलामी दी। कुछ देर कुतूज़ोव एक स्थान पर खड़ा होकर देखता रहा, दस्ता मार्च करता रहा। फिर वह घूम-फिरकर सबसे मिलने लगा। दस्ते का अफसर उसके साथ सब कुछ बताता जाता है। यह दस्ता बड़ी उमंगों में है और गढ़ के निकट छावनी डाले और दलों से हर बात में, अच्छा है। इतनी लम्बी यात्रा के बाद भी केवल 217 बीमार इसमें हैं। वर्दी साफ-सुथरी है ; हां, जूते ज़रूर खराब हो रहे हैं।

बीच-बीच में कुतूज़ोव ठहरकर तुर्की युद्ध के परिचित किसी अफसर या सैनिक को देख दो-चार प्रशंसा के शब्द कह देता है। प्रधान सेनापति से कुछ पीछे उसके अंगरक्षकों का दल है। इनमें सबसे निकट प्रिंस ऐन्ड्री है। उसीके साथ उसका मित्र नेसवित्सिकी है—एक लम्बा अफसर, अच्छे स्वभाव के द्योतक अपना मुस्कराता चेहरा लिए। सैनिकों की हज़ारों आंखें कुतूज़ोव पर लगी हैं।

मुआयना लगभग समाप्त हो चला था। कुतूजोव कुछ याद करने की कोशिश कर रहा था कि प्रिंस ऐन्ड्री ने आगे आकर और सलाम करके धीरे

से फ्रांसीसी भाषा में कहा—"आपने तनज्जुल किए अफसर दोलोहोव के बारे में याद दिलाने को कहा था। वह इसी दल में है। दोलोहोव ने आगे बढ़कर सलामी दी। कुतूज़ोव ने कहा—मुझे आशा है कि तुम्हें शिक्षा मिल गई होगी। अपना कर्तव्य' मन लगाकर करो ; सम्राट दयावान हैं। मैं भी याद रखूंगा।"

"श्रीमन् से मैं यही भीख चाहता हूं कि मैंने जो अपराध कर डाला है उसके सुधार का अवसर मुझे दिया जाए जिससे रूस तथा सम्राट के प्रति अपनी निष्ठा सिद्ध कर सकूं।" सैनिक ने कहा। कुतूज़ोव आगे बढ़ गया। उसकी आंखें ज्योति से भर गईं। मुआयना समाप्त हुआ और दल बिखरकर अपने विश्रामस्थान पर चला गया।

कुतूज़ोव ने 'इन' तथा 'त्रान' नदियों को पार किया और उनके पुलों को नष्ट करके वियना आ गया। 23 अक्तूबर को रूसी सेनाओं ने 'इन' नदी पार की। रसदखाने और तोपखाने तथा कुछ सैनिक दस्ते पुल के दोनों ओर 'इंस' कस्बे के पास अब भी फैले हुए थे। पुल की रक्षा के लिए रूसी सैनिक दल तैनात था। अफसर लोग मनोविनोद में लगे थे कि सेना नायक ने दूरबीन लगाकर देखा-शत्रु-दल बढ़ा आ रहा है। अब भी रूसी सैनिक तथा अश्वारोही पुल पार कर रहे थे। नायक ने नेसवित्सकी से कहा—घोड़ा दौड़ाकर जाओ और हसार अश्वारोही दल से कहो कि वे सबके अंत में पुल पार करें और पुल को जलाकर नष्ट कर दें।" नेसवित्सकी चला गया। फिर सेनानायक ने तोपखाने के अफसर से कहा—कैप्टन ! ज़रा देखो तो हमारी मार कितनी दूर तक पहुंचती है ? वक्त काटने के लिए ज़रा तमाशा ही सही।"

"वीरो, तोपों पर चलो।" कैप्टन ने अपने आदमियों से कहा। क्षण-भर में सब आदमी अपने काम में लग गए। 'नम्बर वन !' आदेश के साथ ही कान को सुन्न कर देने वाला भयंकर घोष हुआ और अपने आदमियों के ऊपर से होता हुआ गोला शत्रु-दल के स्थान से बहुत पहले गिर गया।

अन्तिम बटालियन पुल पर कदम रख चुका था। अब केवल देनीसोव

का हसार-दल पुल के इस पार शत्रु के सामने शेष था। शत्रु दूसरी ओर की पहाड़ी से तो दिखाई देता था परन्तु पुल के नीचे घाटी से नज़र नहीं आता था। उभरे ढूहों के कारण क्षितिज ओझल था। धीरे-धीरे इस क्षितिज-रेखा पर बढ़ती हुई शत्रु-पंक्ति, काले पर गतिशील धब्बों की मालिका की भांति दिखाई पड़ने लगी। अब बीच में लगभग 600 गज़ लम्बा एक मैदान रह गया शत्रु ने फायर करना बन्द कर दिया था और बीच की दुर्गम घाटी को पार करने की तरकीबें सोच रहा था। सैनिकों के मन में शत्रु को सामने देख तरह-तरह के भाव उमड़ने लगे। वे सोच रहे थे कि वह सीमा-रेखा मानो जीवन और मृत्यु के बीच की सीमा-रेखा है—वह अज्ञात वेदना एवं मरण के बीच की रेखा है। वहां क्या है ? कौन है—उस मैदान और वृक्षों के उस पार ? कोई नहीं जानता, न कोई जानना ही चाहता है। वह उस रेखा को पार करने में डरता है, फिर भी उसे लांघने को बेचैन है। पताकावाहक रोस्तोव के प्रसन्नमुख को देखकर देनीसोव ने खुशी से कहा—"तुम्हें भिड़ने के लिए ज्यादा प्रतीक्षा नहीं करनी है।" रोस्तोव का चेहरा उत्साह से भर गया। इसी समय पुल के किनारे कर्नल को देखकर देनीसोव घोड़ा दौड़ाता उनके पास गया और कहा—"श्रीमन, हमें हमला करने की आज्ञा दें। हम उनकी चटनी बना देंगे।"

"हमला! ज़रूर करोगे। तुम लोग यहां कर क्या रहे हो; सेना पीछे हट चुकी है। जल्द दल को पीछे हटाओ।" दल पुल पार कर पीछे आ गया-शत्रु की मार के बाहर आ गया। उसके पीछे दूसरा स्क्वाडरन भी आया। सबके अंत में कज़ाक आए। नदी का उस पार का तट खाली हो गया।

एक लाख जवानों की फ्रांसीसी सेना बोनापार्ट के अधिनायकत्व में रूसी सेना का पीछा करती बढ़ी आ रही थी। कुतूज़ोव की रूसी सेना में केवल पैंतीस हजार थके-हारे सैनिक थे; यद्यपि रूसी वीरता और दृढ़ता से लड़ते थे किन्तु उनके पांव जम नहीं पा रहे थे और उन्हें बराबर पीछे हटना पड़ रहा था। आस्ट्रियन सेना, जो अभी तक कुतूजोव के साथ थी, अलग हट गई थी और कुतूज़ोव अपनी दुर्बल एवं थकी सेना के साथ अकेले रह

गए थे। अब वियना की रक्षा की कल्पना भी न की जा सकती थी। अब कुतूजोव की रणनीति—यह थी कि किसी तरह, बिना अधिक हानि उठाए अपनी सेना को तब तक पीछे हटाता जाए जब तक रूस से आने वाली नई सहायक सेना न आ पहुंचे।

28 अक्तूबर को कुतूज़ोव अपनी सेना-सहित डैन्यूब के बाम तट पर आ गए। वहां पड़ाव डाला।

पहली नवम्बर को अपने एक जासूस से कुतूजोव को मालूम हुआ कि उसकी सारी सेना के विनाश का भयंकर खतरा उपस्थित है। मालूम हुआ कि बोनापार्ट की डेढ़ लाख फ्रांसीसी सेना ने वियना में पुल को पार कर लिया है और रूस से आती हुई सहायक सेना का रास्ता काटने के लिए बढ़ी जा रही है। अब यदि कुतूज़ोव अपने पड़ाव पर रहता है तो विशाल फ्रांसीसी सेना उसकी सेना के रसद-मार्ग और नवीन सहायक सेना से मिलने की उसकी आशा का ही अन्त नहीं कर देगी बल्कि उसकी थकी सेना को भी घेर लेगी और यदि कुतूजोव उस सड़क को छोड़ देता है जिससे रूसी सेना आने वाली है तो उसे बोहेमिया के जंगलों एवं बियाबानों,पहाड़ियों एवं घाटियों के दुर्गम मार्गों में भटकते हुए चलना पड़ेगा। और उधर भी शत्रु के चुने हुए सैनिक दल का सामना तो करना ही होगा; और नई रूसी सेना की सहायता की सारी आशा भी छोड़ देनी होगी। अगर वह आ रही रूसी सेना वाली सड़क पर ही बढ़ता है तो बीच में ही फ्रांसीसी सेना से मुठभेड़ हो सकती है।

फ्रांसीसी नदी पार कर जाईम नामक स्थान की ओर बढ़ रहे थे जो कुतूज़ोव और नई रूसी सेना को मिलाने वाली सड़क पर था। अब कुतूज़ोव के लिए एकमात्र मार्ग यह था कि वह इस स्थान पर फ्रांसीसी सेना के पहले ही पहुंच जाए। यह भी लगभग असम्भव था क्योंकि वियना से, जहां फ्रांसीसियों ने पुल पार किया था, यह स्थान उसकी अपेक्षा ज्यादा निकट था जितना यह कुतूज़ोव के इस पड़ाव से था। फिर वियना-जाईम मार्ग सरल था, जब रूसियों वाला क्रेम्स से जाईम का मार्ग बीहड़ था। पर सेना को पूर्ण विनाश से बचाने का दूसरा मार्ग न देख कूतूज़ोव ने इसीका सहारा लिया।

सारी सेना को लेकर इस सड़क से ज़ाईम फ्रांसीसियों के पूर्व पहुंचने की तो कल्पना भी नहीं की जा सकती थी इसलिए कुतूज़ोव ने अन्तिम अग्रिम पंक्ति के रूप में चार हज़ार सेना कर्नल वगरेशन के न यकत्व में, पहाड़ों के रास्ते, जाईम की ओर रवना कर दी। उसे आदेश दिया गया कि जितनी जल्दी हो सके गन्तव्य स्थान पर पहुंचे और यदि फ्रांसीसी सेना वहां तब तक न पहुँची हो तो वियना की ओर मुंह तथा जाईम की ओर पीठ करके उन्हें जितनी देर भी रोक सके रोके—कम से कम तब तक जब तक कुतूज़ोव शेष सेना एवं सामग्री के साथ ज़ाईम न पहुंच जाए।

वगरेशन अपनी सेना को रातों-रात दौड़ाता और अपने भूखे पदत्राणहीन सैनिकों द्वारा पहाड़ी मार्गों को पार करता फ्रांसीसियों से कुछ पहले वियना-जाईम रोड के होलाब्रुन स्थान पर पहुंच गया। कुतूज़ोव को वहां तक पहुंचने में चौबीस घंटे की देर थी इसलिए सफल रण-कौशल की दृष्टि से इतने समय तक वगरेशन को अपने थोड़े से आदमियों द्वारा कई-कई गुनी प्रबल सेना को रोक रखना था। यह एक असम्भव कार्य था।

परन्तु नियति की माया से असम्भव भी सम्भव हो गया। फ्रांसीसी सेना के नायक मूरात ने समझा कि कुतूज़ोव की पूरी सेना यहां पहुंच चुकी है। उसे हराने के लिए उसने पीछे वियना से आती हुई और सेना की प्रतीक्षा करना उचित समझा इसलिए उसने वगरेशन से तीन दिन के लिए युद्ध-विराम का प्रस्ताव किया। शर्त यह थी कि दोनों में से किसी की सेना अपनी स्थिति में परिवर्तन न करे। मुरात ने कहा कि सन्धि की बातें चल रही हैं इसलिए व्यर्थ खून न बहाने के लिए वह यह प्रस्ताव कर रहा है। बगरेशन ने लिखा कि वह कुतुजोव के पास प्रस्ताव विचारार्थ भेज रहे हैं। कुतूज़ोव को तो अपनी सेना की रक्षा के लिए समय की आवश्यकता थी ही। उसने तुरन्त ही विंजेन जीरोद नायक सैन्य-अधिकारी को शत्रु के पास अपनी स्वीकृति के साथ रवाना कर दिया। किन्तु ज्योंही मुरात का पत्र बोनापार्ट को मिला जो पचीस कोस की दूरी पर शोनब्रुन में था, उसने असली बात भांप ली

और मुरात को अपनी नाराज़ी प्रकट करते हुए बड़ा ही कड़ा पत्र लिखा। यह भी लिख दिया कि मेरी आज्ञा के बिना तुमको युद्धविराम करने का कोई अधिकार नहीं। उसने युद्ध-विराम भंग करके तुरन्त शत्रु पर आक्रमण करने का आदेश दिया। यही नहीं खुद भी उसने कूच कर दिया।

उधर वगरेशन के सैनिक दल ने युद्ध विराम में विश्वास करके कई दिनों की ताबड़तोड़ कूच के बाद विश्राम किया। लोग खान-पान, गप-शप में लग गए। उन्हें इस बात की कल्पना भी न थी कि क्या होने वाला है।

तीसरे पहर चार बजे के पूर्व ही प्रिंस ऐन्द्री वगरेशन के पास पहुंच गए। तब तक बोनापार्ट का दूत मुरात के पास नहीं पहुंचा था और वगरेशन के दल में तो किसीको घटनाओं को कुछ खबर ही न थी।

ऐन्द्री को विश्वासपात्र अधिकारी समझ वगरेशन ने उनका स्वागत किया और कहा—शायद आज या कल मुठभेड़ होगी।" उसने उन्हें युद्ध के मध्य अपने साथ रहने या पीछे की सेना के साथ रहकर सैनिकों के पीछे हटने के क्रम का निरीक्षण करने की स्वतंत्रता दे दी। ऐन्द्री ने आज्ञा लेकर पहले अपनी सेना के चतुर्दिक घूमकर छावनी की स्थिति का भली भांति निरीक्षण करना तय किया। उन्होंने एक अफसर को साथ लिया और निरीक्षण करते हुए इधर-उधर घूमने लगे। सैनिक दरवाजे, बचें इत्यादि गांवों से उठाए लिए आते दिखाई पड़े; नायक अलग अपनी छोटी-छोटी टोलियां बनाए मनोविनोद कर रहे थे। एक जगह तोपखाने का नायक कैप्टन तूशिन बिना बूट के खड़ा था। अफसर ने उसे सावधान किया कि शत्रु किसी भी समय हमला कर सकता है तब उसे बूट पहनने का भी समय न मिलेगा। तूशिन ने मुस्कराकर कहा—हमारे सैनिक कहते हैं कि नंगे पैर ही लड़ने में सुभीता रहेगा।" अफसर ने कहा—"कृपया अपने स्थानों को जाइए।" इसी प्रकार वे घूमते एवं निरीक्षण करते सामने की पहाड़ी पर पहुंचे। उसके ऊपरी भाग की ओर संकेत करते हुए अफसर ने कहा—हमारा तोपखाना वहां है और उसका नायक यही तूशिन है जो बिना बूटों के वहांखड़ा था।" ऐन्द्री ने अफसर को धन्यवाद देकर यहां से

विदा कर दिया और अकेले ही आगे बढ़े।

ऐन्ड्री अपने दायें एवं बायें दोनों पार्श्व दलों का भली भांति निरीक्षण करने के बाद तोपखाने की ओर गए। उस ऊंचे स्थान से रूसी और फ्रांसीसी दोनों सेनाओं की स्थिति और गतिविधि स्पष्ट दिखाई पड़ती थी। शोनग्रेवेन गांव भी दिखाई पड़ रहा था जिसमें अधिकांश फ्रांसीसी सेना पड़ाव डाले हुए थी। रूसी दक्षिण पार्श्व सेना ऊंचाई पर थी, उसीके पास पैदल सैनिक दल फैले थे; फिर कुछ उतार पर 'ड्रै गून' नामक दल था। बीच में सबसे ऊंचाई पर तूशिन का वह तोपखाना था जहां से ऐन्ड्री सब कुछ देख रहे थे। बायें पार्श्व पर हमारी सेना झाड़ियों एवं जंगलों के पास थी। फ्रांसीसी सैन्य पंक्ति अपेक्षाकृत बहुत लम्बी-चौड़ी थी और वे आसानी से हमारी सेना को बीच में छोड़कर और आगे बढ़कर घेर सकती थी। हमारे पड़ाव के पीछे गहरे खड्ड और कछार थे और उधर हटाकर सेना को निकाल ले जाना असम्भव था।

ऐन्ड्री बड़े ध्यान से निरीक्षण-कार्य में लगे थे कि उनके कान में कुछ लोगों की बातचीत के दरमियान ये शब्द पहुंचे—"नहीं मेरे प्रिय मित्न ! मैं कहता हूं कि यदि कोई यह जान सकता कि मृत्यु के बाद क्या होगा तो हममें से किसीको मृत्यु का भय न रह जाता।" दूसरी कम उम्र के आदमी का उत्तर सुनाई पड़ा—"डरो या न डरो, मौत से बचाव तो है नहीं।" पहले की आवाज़ फिर सुनाई पड़ी और वह आवाज़ ऐन्ड्री को परिचित-सी लगी—"फिर भी लोग डरते तो हैं ही। असल में लोग अज्ञात से डरते हैं। सुनने में बहुत अच्छा लगता है कि आत्मा स्वर्ग में जाती है पर हम सब जानते हैं कि ऊपर स्वर्ग नहीं, वातावरण-मात्न है।" एक ने कहा— "तूशिन ! ज़रा अपनी वानस्पतिक मदिरा की एक घूंट तो पिला दे !" इसी समय हवा में एक सनसनाहट-सी हुई; वह चीज़ तेज़ और तेज़ होती गई। और वाणी से सब कुछ न कह पाने के कारण इस भयंकर आघात और आवाज़ के साथ गिरी मानो किसी अमानवीय शक्ति ने धरती के हृदय में गहरा घाव कर दिया हो। इस भयंकर आघात से पृथ्वी कराहतीसी मालूम हुई। तूशिन अपनी तोपों की ओर दौड़ा। शत्नु का हमला शुरू हो गया था।

ऐन्द्री ने देखा कि अभी तक स्थावर-सी लगती फ्रांसीसी सेना में गति आ गई है। लहर-सी उठ रही है। वह तुरन्त घोड़ा दौड़ाते हुए वगरेशन की ओर लौटे। पीछे उन्होंने अपनी तोपों की दहाड़ सुनी। मालूम हुआ, हमारा तोपखाना भी शत्रु को ललकारने लगा है। जहां-जहां से ऐन्द्री गुजरे, देखा कि अभी पन्द्रह मिनट पहले जो रूसी सैनिक इधर-उधर बिखरे थे वे तेज़ी से पंक्तिबद्ध होते जा रहे हैं; सब स्थानों पर भावावेश और गति है। थोड़ी दूर पर ही कर्नल वगरेशन से भेंट हो गई। ऐन्द्री ने उन्हें सब समाचार दिए पर जैसे वगरेशन के चेहरे पर कोई उत्तेजना नहीं। गंभीर, अपने भावों को प्रोट में छिपा रखने वाला, चेहरा। उन्होंने इतना ही कहा—"बहुत अच्छा।" जैसे वे सब-कुछ पहले से ही जानते हों। दो शब्द कहा और वगरेशन ने घोड़ा तूशिन के तोपखाने की ओर दौड़ाया। ऐन्द्री ने अनुसरण किया। कर्नल के दल में ज़र्कोव तथा दो-तीन अफसर और थे जो हंसते मज़ाक करते पीछे-पीछे चले जा रहे थे। तूशिन और उसका दल अपनी तोपों से आग उगलने लगा था। तूशिना अपने आदमिमों से चिल्लाकर कह रहा था—"दो प्वाइंट और ऊंचे।" थोड़ी ही देर में लोगों ने देखा कि फ्रांसीसी सेना के पड़ाव वाले गांव में आग लग गई है और सैनिक आग में घिरे इधर-उधर दौड़ रहे हैं। इसी समय वगरेशन ने अपने विभिन्न सैनिक दलों को फ्रांसीसियों पर टूट पड़ने का आदेश दिया। घोर युद्ध शुरू हो गया। तुमुल नाद होने लगा। वगरेशन खतरे के स्थानों में जा-जाकर खुद सैनिकों को उत्साहित करते घूम रहे थे। ऐन्द्री साथ थे। चारों ओर घमासान मचा था। मुण्ड धरती पर गिर रहे थे; रुण्ड' छटपटा रहे थे ; रक्त से धरित्री लाल हो रही थी। पर कौन गिरा, कौन मरा इस समय किसीको इसकी चिन्ता न थी। कुछ देर पहले जो मृत्युभय से पीड़ित थे उनपर भी एक भयंकर नशा छा गया था और सब कुछ भूल गया था। बस शत्रु हैं और वे हैं, इतना ही बोध रह गया था।

जिस अश्वारोही हसार-दल में रोस्तोव था उसे अपने घोड़ों पर चढ़ने का भी मौका न मिला था कि सामने से शत्रु-पंक्ति आ गई। कर्नल ने वहां

पहुंचकर बड़े क्रोध से लोगों को फटकारा। असल में सब छोटे सेनानायक खुद किंकर्तव्यविमूढ़ हो गए थे ; सैनिकों में भी वही निराशा फैल गई थी पर जब कमांड हुआ और सब जल्दी-जल्दी तैयार होने लगे तब रोस्तोव ने सोचा—'जल्दी ! जल्दी ! और जल्दी !' नायक देनीसोव ने चीखकर कहा—ईश्वर सहायता करे ! जवानो, सरपट घोड़े दौड़ाकर आक्रमण करो। भिड़ जाओ।" अश्वारोही पंक्ति उड़ चली। "और शीघ्रता से" कमांडर ललकार रहा था। रोस्तोव घोडा दौड़ाता गया। "हुर्रे!" की आवाज़ हुई। रोस्तोव को लगता था जैसे वह कोई स्वप्न देख रहा है। "उसका घोड़ा अब बढ़ नहीं रहा है। साथी आगे चले जा रहे हैं। क्या बात है ? मुझमें गति क्यों नहीं हो रही है ? मैं गिर गया हूं; मैं मर गया हूं। रोस्तोव अपने से ही सवाल कर रहा था और खुद ही उत्तर भी दे रहा था—"नहीं मैं घायल हो गया हूं और मेरा घोड़ा मर गया है !" घोड़े ने अगले पांवों पर खड़ा होने की कोशिश की पर फिर गिर पड़ा। बार-बार वह उठने की चेष्टा करता था पर गिर जाता था। रोस्तोव ने भी उठने की चेष्टा की पर गिर पड़ा। वह सोच रहा था—हमारे आदमी कहां हैं, फ्रांसीसी कहां है ? पर उसके चारों ओर कहीं कोई न दीख पड़ता था। वह मध्य-रेखा कहां विलुप्त हो गई जो शत्रु-सेना और हमारे बीच थी। वह अपने ही प्रश्नों का कोई उत्तर न दे पाता था। फिर उसे मालूम हुआ कि उसकी बायीं भुजा के साथ कोई चीज़ लटक रही है। उसने हाथ की ओर देखा। लगा कि कलाई टूटकर भूल रही है। उसने हाथ फेरकर देखा कि खून तो नहीं निकल रहा है। इस समय कुछ लोग उसकी ओर दौड़े आ रहे थे। उसने सोचा—'वे मेरी मदद करेंगे।' इन लोगों के आगे-आगे एक मटमैले रंग और टेढ़ी नाक वाला आदमी था, उसके पीछे दो आदमी, फिर और। वे एक रूसी हसार सैनिक को पकड़े हुए थे। रोस्तोव ने सोचा—'वह अवश्य बन्दी सैनिक है। मुझे वे बन्दी न बना सकेंगे ? वे कौन हैं ? क्या फ्रांसीसी हैं ? वे क्यों दौड़े जा रहे हैं ? क्या मेरे पास आ रहे हैं ? किसलिए? मुझे मारने को? मुझे—जिसे सब लोग इतना चाहते हैं ?' उसे अपनी मां के, अपने परिवार एवं मित्रों के प्रेम की याद आई और लगा

कि शत्रु के लिए उसे मारने की इच्छा करना असम्भव है। पर वे मुझे मार भी सकते हैं। आगे वाले फ्रांसीसी का डरावना चेहरा एवं बन्दूक उसे दिखाई पड़ने लगी थी। वे लोग बहुत नज़दीक आ गए थे। रोस्तोव एकदम डर गया। उसने अपना पिस्तौल निकालकर फ्रांसीसी के सामने फेंक दिया और जान लेकर झाड़ियों की ओर भागा—वह इस समय उस खरगोश की भांति भागा चला जा रहा था जो अपना पीछा करने वाले कुत्तों से जान बचाने के लिए भागता है। वह कूदता-फांदता झाड़ियों तक पहुंच गया।

उस भयंकर लड़ाई में रूसी सैनिक जान हथेली पर लेकर लड़े। कर्नल लौट रहे थे कि एक सैनिक उनके सामने आकर खड़ा हो गया। उसके सिर पर पट्टी बंधी थी और कंधे से दूसरे बगल तक फ्रांसीसी कारतूसों की पेटी लटक रही थी। उसके हाथ में किसी फ्रेंच अफसर की तलवार थी। चेहरा पीला पड़ गया था। उसने एक अजीब निगाह से कर्नल की ओर देखा और मुस्कराकर कहा—"श्रीमन्! ये दो चीजें मैं फ्रांसीसियों से छीन लाया हूं—यह तलवार और कारतूस पेटी। उस अफसर को मैंने बन्दी बनाया और समस्त सैन्य-दल को रोक रखा। श्रीमन् मुझे याद रखेंगे—यह किरच का घाव मुझे सिर में लगा पर मैं पीछे नहीं हटा।"

इस प्रकार की वीरता के कारण फ्रांसीसी आक्रमणकारी बार-बार पीछे खदेड़ दिए गए। तुशिन के तोपखाने ने बड़ा काम किया। मैदान रूसियों के हाथ रहा।

उधर रोस्तोव थककर गिर पड़ा। उसकी आंखों के सामने फिर अपनी मां का, नताशा का चेहरा घूम गया। उसके मन में आया—किसीको मेरी परवा नहीं है। कोई मेरे लिए दुखी नहीं है। एक दिन मैं बलवान और सुखी था। मुझे प्रेम किया जाता था। कहां मेरा गर्म सुखद घर, कहां यह बर्फानी वातावरण। मैं किसलिए यहां आया।'

पास के एक सैनिक ने कहा—"दर्द हो रहा है?"

दूसरे दिन फ्रांसीसियों ने आक्रमण नहीं किया और वगरेशन की बची-खुची सेना कुतूज़ोव की सेना से आ मिली।

तीन

एकान्त और लापरवाही का एक लम्बा जीवन बिताने के बाद जब पीरी सहसा धनवान और काउंट बेजुहोव बन गया तब वह लोगों से ऐसा घिरा-घिरा रहने लगा और इतना व्यस्त हो गया कि सिवाय सोने के समय के उसे अपने लिए कभी फुर्सत ही न मिलती थी। इन प्रारंभिक दिनों में प्रिंस वेसिली ही उसके और उसकी जायदाद-संबंधी कार्यों के नियंत्रणकर्ता बन गए और बूढ़े काउंट बेजुहोव के बाद भी उन्होंने पीरी को अपने हाथ में रखा। उन्होंने पीरी को पीतर्सबर्ग में एक उच्चपद पर नियुक्त भी करा दिया। उसको लेकर स्वयं मास्को से वहां गए और अपने ही मकान में ठहरने को विवश भी कर दिया।

1805 की शिशिर ऋतु के प्रारम्भ में ही पीरी को अन्ना पावलोवना का गुलाबी निमंत्रण मिला जिसमें लिखा था कि 'एलेन भी यहां होगी जिसे देखकर कोई कभी थकता नहीं।' इस वाक्य को पढ़कर उसे पहली बार अनुभव हआ कि उसके और एलेन के बीच किसी प्रकार के बन्धन की कल्पना लोग करने लगे हैं। इस विचार के मन में आते ही उसे घबराहट सी महसूस होने लगी और उसने सोचा कि मुझपर एक ऐसी ज़िम्मेदारी का बोझ डाला जा रहा है जिसे मैं पूरा नहीं कर सकता। जब वह अन्ना पावलोवना के यहां पहुंचा तो उसने उसका स्वागत करते हुए मुस्कराकर एलेन की ओर संकेत किया और धीरे से उसके कान में कहा—"कैसी सुन्दर है वह ! है न? और उसकी चाल कैसी लुभावनी है। इतनी कम उम्र में भी उसकी चाल-ढाल में कैसी परिपूर्णता है। ऐसी चीज़ बनावट से नहीं हृदय से आती है। वह आदमी भाग्यवान होगा जिसे यह वरमाला पहनाएगी। ठीक है न ? मैं तुम्हारी सम्मति जानना चाहती थी।" पीरी ने बड़ी ईमानदारी से इन प्रश्नों का स्वीकारात्मक उत्तर दिया।

पीरी एलेन के बहुत निकट बैठा था। एलेन उसे देख प्रेम से मुस्करा रही थी। उसने ऐसा ब्लाउज़ पहन रखा था कि गला आगे और पीछे से छाती एवं पीठ तक खुला था। पीरी को लगा मानो संगमरमर की सुन्दर गढ़ी मूर्ति हो। वह इतना नज़दीक था कि आंखों से उसकी गर्दन एवं कन्धों के सौन्दर्य का प्रत्येक ब्यौरा देख सकता था और उसके होंठ इतने निकट थे मानो उसे चूम रहे हों। पहली बार उसने उसके शरीर के उत्ताप का अनुभव किया, उसकी केशराशि एवं वस्त्रों से आती सुगन्ध में विभोर हुआ, पहली बार उसके शरीर के प्रति अद्भुत आकर्षण का अनुभव किया। जैसे सपना साकार हो गया हो और माया में से सहसा एक अर्थ निकल आया हो। एलेन मानो अपने मौन में कह रही हो कि 'अच्छा, आज तक तुमने नहीं देखा कि मैं इतनी सुन्दर हूं? तुमने नहीं अनुभव किया मैं स्त्री हूं? हां, मैं स्त्री हूं, स्त्री जो किसीकी भी हो सकती है, तुम्हारी भी।' उस क्षण पीरी ने महसूस किया कि एलेन न केवल उसकी स्त्री हो सकती है वरन अवश्य, अवश्य होगी। और ऐसा ही होना चाहिए। यह अनुभव इतना सच्चा था मानो वह उसके साथ विवाह में दीक्षित किए जाने के लिए खड़ा हो।

उस दिन पीरी घर लौटकर बड़ी देर तक सो न सका। वह सोचने लगा कि उसे यह क्या हो गया। उसने देखा कि उसके मन में उसे पाने, उसपर अधिकार करने की इच्छा जग गई है। पर वह मुझमें जिस भावना को जगाती है वह तो भद्दी है—वह तो अविवाहित है। मैंने सुना है कि अपने भाई अनातोल से उसका प्रेम व्यापार चलता रहा है और इसीलिए अनातोल को यहां से हटाया गया। बड़ा गोलमाल हो चुका है। इप्पॉलित भी उसका भाई है। प्रिंस वेसिली उसके पिता हैं...यह सब बहुत बुरा है।" पर इसीके अन्तराल में फिर दूसरी भावना उमड़ पड़ी कि ये सब अफवाहें गलत भी तो हो सकती हैं। इस तरह अनुकूल एवं प्रतिकूल दोनों प्रकार की भावनाएं उसके मन में आती-जाती थीं। जब एक तरफ उससे मन भागने को करता तब दूसरी ओर उसका नारी-सौन्दर्य मन की सतह पर तरंगित हो उठता था।

नवम्बर, 1805 में वेसिली को एक लम्बे प्रवास पर जाना था इसलिए उन्होंने जाने के पूर्व ही पीरी से इस मामले को तय कर लेने का निश्चय किया। पीरी एलेन की उपस्थिति में एक तरुण प्रेमी युवक की भांति व्यवहार तो करता था परन्तु उसने विवाह का कोई प्रस्ताव नहीं किया। तब वेसिली ने एक चाल चली। दो दिन बाद ही एलेन का वार्षिक नामकरण दिवस था। उन्होंने कुछ लोगों को उस दिन निमंत्रित किया और पीरी से निपटने की योजना बना ली। अन्ना पावलोवना की पार्टी के दिन जो निद्राहीन रात पीरी ने बिताई थी उसीमें निश्चय कर लिया था कि एलेन के साथ उसका विवाह एक संकट का कारण होगा और उसे उससे दूर चला जाना चाहिए। पर इस निश्चय के छः हफ्ते बाद भी वह वेसिली के स्थान को छोड़कर न जा सका और प्रत्येक दिन भय के साथ उसपर यह अनुभव स्पष्टतर होता गया कि वह लोगों की दृष्टि में एलेन के साथ अधिकाधिक सम्बद्ध होता जा रहा है और वह उससे अपने को अलग करने में असमर्थ है। वह यह भी समझ रहा था कि सब लोग उसीके एक शब्द और एक मर्यादा-रेखा का अतिक्रमण करने की प्रतीक्षा में हैं। उसने बहुत बार एक निर्णय पर पहुंचने की चेष्टा की पर हर बार देखा कि वह बेबस-सा हो गया है।

पारिवारिक पार्टी के दिन वेसिली ने बहुत देर तक दोनों को एकान्त का लाभ दिया पर श्रीमती वेसिली ने निकट से कान लगाकर यही सुना कि वे इधर-उधर के विषयों पर बातें कर रहे हैं। तब वेसिली ने सहसा उस कमरे में प्रवेश करके कहा—"प्रभु का धन्यवाद है। मेरी पत्नी ने सब कुछ मुझे बता दिया है।" उन्होंने एक हाथ पीरी के और दूसरा हाथ एलेन के गले में डालते हुए कहा—"मेरे प्रिय पुत्र ! प्यारी बेटी एलेन ! मुझे आज बड़ी खुशी है। यह तुम्हारे लिए एक अच्छी पत्नी साबित होगी। तुम दोनों पर ईश्वर की कृपा हो।" उन्होंने अपनी कन्या और पीरी का पूनः आलिंगन किया और पीरी का चुम्बन लिया। उनकी आंखों से आंसू निकलने लगे। "एलाइन इधर आओ"—उनकी पत्नी भी आकर रोने लगी। उन्होंने भी पीरी का चुम्बन लिया और एलेन के सुन्दर हाथों को बार-बार चूमा। पीरी ने सोचा—'अब

बुरा है या भला इसका बिचार व्यर्थ है।' उसने कुछ कहना चाहा पर याद न आया कि ऐसे अवसर पर क्या कहना चाहिए। बड़ी देर बाद उसके मुंह से निकला—"एलेन ! मैं तुम्हें प्यार करता हूं।" इस तरह छः सप्ताह बाद उसकी शादी हो गई। एक सुन्दरी पत्नी और लाखों की सम्पत्ति के स्वामी के रूप में उसने पीतर्सबर्ग स्थित अपने पिता के नवसज्जित विशाल महल में निवासस्थान बनाया।

16 नवम्बर, 1805। उषःकाल। देनीसोव का सैनिक दल, जिसमें निकोलाय रोस्तोव था, अपने निशाकालीन पड़ाव से निकलकर बाहर आया। दूसरे सैनिक दलों के पीछे-पीछे वह एक मील तक गया। रोस्तोव ने देखा कि कज़ाक सैन्यदल, प्रथम एवं द्वितीय हसार सैन्यदल तथा पदातिक गुल्म, तोपखानों के साथ, एक-एक करके उसके आगे निकल गए। फिर उसने जनरल वगरेशन और दोलगोरूकेव को भी आगे जाते देखा। युद्ध की सम्भावना से उसे जो भय हुआ था, इस भय को काबू करने के लिए जो अन्तर्द्वन्द्व उसमें हुआ था, तथा इस युद्ध में नाम कमाने का जो सपना उसने देखा था, सबका थोड़ी देर में अन्त हो गया। तीन घण्टे बाद ही उसे जयध्वनि सुनाई पड़ने लगी; घायल ढोकर लाए जाने लगे और अन्त में उसने देखा कि एक पूरा फ्रांसीसी सैन्यदल बन्दी बनाया जाकर कज़ाकों के बीच लाया जा रहा है। स्पष्ट है कि आज की लड़ाई खत्म हो गई और उसमें सफलता भी हुई—और वह सफलता न केवल मृत वीर सैनिकों की गौरव-गाथा में लिखी हुई थी वरन सेनापतियों, नायकों, सैनिकों सबके मुख पर चमक रही थी। इसी समय "सम्राट ! सम्राट !" का शब्द सुनाई पड़ा। सबमें गति आ गई थी। हर वस्तु जैसे अपनी शक्ति से चलने लगी हो। रोस्तोव भाव-विभोर बिना सामने देख धीरे-धीरे बढ़ा। शोर निकट आता जा रहा था। रोस्तोव को लगा जैसे कोई सूर्य निकट चला आ रहा हो और सम्पूर्ण वातावरण ज्योतिर्मय होता जा रहा हो। इसी ज्योति-धारा में अवगाहन करते हुए अकस्मात् एक अमरण मौन छा गया और उसके बीच से उसे जार की वाणी सुनाई दी—"पावलोग्राद हसार!" जैसे कोई अतिमानवीय, कोई

दैवीभाषा में बोला हो। फिर मानवीय वाणी में उत्तर दिया गया—"सुरक्षित दल, श्रीमन् !" इस समय तक जार रोस्तोव के सामने आ गए थे। उनका चेहरा यौवन की स्फूर्ति से दमक रहा था। उन्होंने थोड़ी देर तक रोस्तोवकी ओर देखा, फिर घोड़ा दौड़ाकर चले गए। लोगों की विपरीत सलाह के बावजूद तरुण सम्राट युद्ध में स्वयं उपस्थित होने से अपने को विरत न कर सके। और इसका बड़ा असर पड़ा। उनकी उपस्थिति ही लोगों को साहस देती थी। फिर उनकी गहरी हमदर्दी तो अफवाह की तरह फैल गई थी। एक जगह घायल धरती पर पड़े एक छटपटाते सैनिक को देख वे रुक गए। किसी नायक ने उसे उठाकर स्ट्रेचर पर रखने की कोशिश की। सैनिक कराह उठा तो सम्राट ने कहा—धीरे, धीरे ! क्या तुम यह काम और कोमलता के साथ नहीं कर सकते ?"

चारों ओर उत्साह छा गया था। देनीसोव की तरक्की हो गई थी। वह कैप्टन बना दिया गया था। रोस्तोव वगैरह उसके पास बैठकर खाते-पीते खुशियां मना रहे थे और कह रहे थे कि जब हमने अब तक की लड़ाई में फ्रांसीसियों को उखाड़ दिया है तब सम्राट के रहते क्या हम एक इंच भी पीछे हटेंगे ? हर्गिज़ नहीं। रोस्तोव को तो लग रहा था कि कल तक का मरण-भय न जाने कहां चला गया और आज मरना कितना सरल है ! सम्राट के लिए नहीं, स्वयं अपने गौरव के लिए ! वह स्थान-स्थान पर घूमकर देखने लगा—मालूम हुआ, सबपर वही जादू छा गया है।

20 नवम्बर, 1805। प्रातःकाल पांच बजे का समय। अब भी चतुर्दिक अंधेरा है। कोहरा छाया हुआ है। सामने की पहाड़ी की ओर, जहां शत्रु-सेनाएं हैं, कुछ भी दिखाई नहीं पड़ रहा है। रूसी सेनाएं बढ़ रही हैं परन्तु उनमें व्यवस्था का अभाव है। पहले पैदल सेना बढ़ रही थी, फिर उसे रोककर मध्य में अश्वारोही सैन्य-दल आगे बढ़ाया जाने लगा। फिर आगे उसे रोक दिया गया। आठ बजे के लगभग भी कोहरा था। कुतूज़ोव ने नायक से चीख कर कहा—"गांव के पूर्व सेना को पंक्तिबद्ध करके आगे

बढ़ाओ।" नायक ने कहा—"गांव को पार कर रणपंक्ति की दृष्टि से सेना को पंक्तिबद्ध करेंगे।"

"हां, जब शत्रु तुम्हारे सामने आ जाएगा, तब न ?" कुतूज़ोव ने कहा।

"अभी शत्रु बहुत दूर है।"

"किसने कहा ? आदेश मानो।"

नायक चला गया। इसी समय रूस के सम्राट ज़ार अलेकजेंद्र और आस्ट्रिया के सम्राट फ्रांसीसी, अपने सुन्दर घोड़ों पर सवार आ गए और उन्होंने कुतूज़ोव से पूछा—"सेना आगे क्यों नहीं बढ़ रही है।"

"अभी सब दल एकत्र नहीं हो पाए हैं श्रीमन् !" कुतूज़ोव ने कहा।

"हम लोग इस समय ज़ार के क्षेत्र में नहीं हैं, जहां परेड तब तक शुरू नहीं होती जब तक सब दल एकत्र न हो जाएं।" सम्राट अलेकजेन्द्र ने कहा।

"इसीलिए तो मैं शुरू नहीं कर रहा हूं कि यह रूसी क्षेत्र नहीं है।" कुतूज़ोव ने सिर झुकाकर कहा। आसपास के सब लोगों ने सुना और अनुभव किया कि सेनापति को सम्राट से इस लहजे में बात न करनी चाहिए थी। पर कुतूज़ोव ने बात संभाल ली, बोला—"आगे जो श्रीमन् की आज्ञा।" और उसने सेना को आगे बढ़ने की आज्ञा दे दी।

अपने परिषदों के साथ चलते हुए कुतूज़ोव लगभग एक मील आगे एक एकांत स्थान पर पहुंच गए। कोहरा दूर होने लगा था। डेढ़ मील की दूरी पर शत्रुसेना का कुछ-कुछ भाग दिखाई पड़ने लगा था। इसी समय सहसा एक अफसर बोला—"उधर देखिए, उधर !"

रूसी सेना का अगला दस्ता आगे निकल गया था। खयाल यह था कि अभी शत्रु एक मील दूर है पर कोहरा हटते ही लोग यह देखकर दंग रह गए कि शत्रु बिलकुल सामने खड़ा है। रूसी सैनिक घबरा गए। फ्रांसीसी सेना के आकस्मिक आक्रमण से भगदड़-सी मच गई। ऐंद्री कुत्ज़ोव के पास खड़े

थे ; उन्होंने सोचा—बस, मेरा समय आ गया है। वे कुतूजोव से बोले-"यह हमला रोका जाना चाहिए।" इसी बीच एक धमाका हुआ, धुआं फैल गया॥ ऐन्द्री ने देखा कि कुतूज़ोव कुछ जावाब नहीं दे रहे हैं, वहीं खड़े रूमाल निकाल रहे हैं, उनके गालों से खून बह रहा है।" भीड़ को ठेलकर ऐंद्री ने पास पहुंच कर पूछा—"आप घायल हो गए हैं ?"

"घाव यहां नहीं है, वहां है—उधर देखो।" कहकर कुतूज़ोव ने भागते हुए सैनिकों की ओर संकेत किया। "उन्हें रोको !" चीखकर कुतजोव ने कहा—और दाहिनी ओर घोड़ा मोड़ दिया। ऐंद्री ने भीड़ को चीरते हुए कुतूज़ोव के साथ-साथ जाने का यत्न किया। उन्होंने देखा कि एक रूसी तोपखाना अब भी बराबर गोले छोड़ता जा रहा है और शत्रु-सेना उस ओर दौड़ती जा रही है। तोपखाने के कुछ ही पीछे रूसी पदातिक सैन्यदल है पर वह न पीछे हट रहा है, न तोपखाने की सहायता के लिए आगे बढ़ रहा है। एक अश्वारोही नायक से जो पदातिक दल से दौड़कर कुतूज़ोव के पास आया था उन्होंने चिल्लाकर कहा—"इन अभागों को रोको !"—शत्रु की गोलियां बराबर बरस रही थीं। कुतूज़ोव के पार्षद एक-एक करके गिरते जा रहे थे, इस समय केवल चार रह गए थे। शत्रु कुतूज़ोव पर निशाना लगा रहे थे। कई सैनिक कुतूज़ोव के पांव के पास गिर पड़े। झंडा गिर गया। अत्यन्त निराश स्वर में कुतूज़ोव ने कहा—"बोलकोंस्की! बोलकोंस्की ! यह क्या हो रहा है ?" अपने सैनिक बिना आदेश के गोली चलाने लगे थे।

कुतजोव के शब्द कानों में पड़ने के पूर्व ही ऐन्द्री अपमान की घुटन और रोदन का अनुभव कर आगे दौड़ पड़े। उन्होंने पताका उठा ली और चिल्लाकर कहा—"आओ !" सोचा, मेरे बढ़ने पर ये भागते सैनिक मेरा साथ देंगे। सचमुच हुआ भी यही। एक-दो, अगणित सैनिक उनके पीछे दौड़ पड़े। कुछ आगे निकल गए। एक ने ऐन्द्री के हाथ से पताका ले ली पर कुछ ही दूर गया था कि शत्रु की गोली खाकर गिर पड़ा। ऐन्द्री ने फिर पताका ले ली। आगे दौड़े पर किसी शत्रु-सैनिक ने उनके सिर पर ऐसा आघात किया कि उनका ध्यान लक्ष्य से हट गया। वे चौंधिया गए। सोचा—'यह क्या हो

रहा है ? क्या मैं गिर रहा हूं? मेरे पांव थरथरा क्यों रहे हैं ?' वे पीठ के बल गिर पड़े। उन्होंने कुछ देर बाद आंखें खोलकर देखना चाहा कि तोपखाने के आदमियों एवं शत्रु के बीच जो गुत्थमगुत्थी हो रही है उसका क्या परिणाम निकला परन्तु उन्हें कुछ भी दिखाई न दिया। उनके ऊपर सिवाय आकाश के और कुछ नहीं था—उच्च आकाश, स्पष्ट न होते हुए सीमाहीन उच्चता से पूर्ण, उसकी गोद में भूरे-भूरे बादल खेलते हुए—'कितने शान्त, कितने कोमल, हमारी तरह भागते हुए नहीं, हमारी तरह चिल्लाते और लड़ते हुए नहीं, भयानक चेहरे वाले फ्रांसीसी एवं हमारे तोपचियों की भांति नहीं ; ये बादल असीम आकाश में हमसे कितने भिन्न लगते हैं ! मैंने इस उच्चाकाश की ओर पहले ध्यान क्यों नहीं दिया ? अन्त में उसे पाकर मैं कितना सुखी हूं ! हां, सब कुछ अहंकार है, सब कुछ माया है, धोका है—केवल वह असीम आकाश ही सत्य है। उसके सिवा कहीं और कुछ नहीं है—पर अन्त में तोवह भी नहीं रह जाता, केवल शान्ति एवं नीरवता रह जाती है। प्रभु को प्रणाम...

प्रिंस ऐन्द्री बोलकोंस्की उसी स्थान पर हाथ में पताका-दण्ड लिए खडे रहे। उनके सिर से खून निकल रहा था ; पहले वह कराहते रहे फिर शाम होते-होते वे पूर्णतः नीरव हो गए। पता नहीं, यह बेहोशी कितनी देर रही। सहसा उन्हें पुनः अनुभव हुआ कि वे जीते हैं और सिर पर लगे गहरे, जलन-भरे घाव से पीड़ित हैं। 'हाय ! आज से पहले मैंने यह उच्चाकाश नहीं देखा था, न ऐसा दर्द। दोनों में से एक भी नहीं। पर मैं हूं कहां ?' उनकी दृष्टि फिर उच्च आकाश की प्रोर गई और बादल दिखाई दिए—जिनके बीच-बीच में नील आकाशखण्ड फैले हुए थे। उन्हें कुछ अश्वारोहियों के पास ही आकर खड़े होने की आहट सुनाई दी। ये नेपोलियन और उनके पार्षद थे। बोनापार्ट रणभूमि का निरीक्षण करते घूम रहे थे। ऐन्द्री पीठ के बल एक हाथ में पताका-दण्ड लिए पड़े थे। नेपोलियन ने कहा—"यह गौरवपूर्ण मृत्यु है।" ऐन्द्री ने समझ लिया कि यह उन्हीं के बारे में कहा जा रहा है और

कहने वाले नेपोलियन हैं। पर इस समय उनकी आत्मा एवं अनन्त आकाश के बीच जो आवागमन हो रहा था, उसके आगे कौन खड़ा है और क्या कह रहा है इसका ज़रा भी महत्त्व न था। यदि किसी तरह मैं पुनः जीवन प्राप्त कर सकता—बस यही भावना थी। इसी भावावेश में उसमें कंपन हुआ। नेपोलियन ने कहा—"अरे, यह जी रहा है।" स्ट्रेचर पर लादकर डाक्टर के पास ले जाने की आज्ञा दी। एम्बुलेंस से ले जाते समय धक्के लगने से उसका दर्द असह्य हो गया। फिर कुछ याद न रही।

दूसरी बार जब नेपोलियन उनको देखने आया तब कुछ पूछने पर भी ऐन्द्री बिलकुल नीरव रहा। इस समय नेपोलियन, अपने विजयोन्माद के साथ, उन्हें अत्यन्त तुच्छ लग रहा था। उस उच्च, शान्त, दयापूर्ण आकाश के सामने इन सब चीज़ों की क्या स्थिति थी? मृत्यु एवं वेदना की निकटता ने इन सब चीज़ों को अपदार्थ बना दिया था। नेपोलियन की आंखों की ओर देखते हुए ऐन्द्री ऐश्वर्य की असारता, जीवन की शून्यता, मृत्यु की शून्यता के विचारों में डूब गए। कुछ जवाब न पाकर नेपोलियन ने आज्ञा दी कि खुद मेरा डाक्टर लॉरी इस घायल की देखभाल करे।

उसे स्ट्रेचर पर उठाया गया। हर धक्के में ऐन्द्री को असह्य वेदना होती थी। फिर उन्हें गहरा ज्वर और मूर्च्छा आ गई। बीच-बीच में वे मूर्च्छा में प्रलाप करने लगते थे। शान्त गृह, पिता, माता, पत्नी, बहिन सबकी खूब याद आती रही। वे उस सुख का उपभोग कर रहे थे। फिर क्या मूर्खता सूझी कि सब छोड़कर आ गए। दूसरे दिन प्रातःकाल तक यह भावना भी उखड़ी, चेतनहीनता की स्थिति में आ गई। नेपोलियन के डाक्टर लॉरी ने भी कह दिया कि अब बचने की सम्भावना नहीं है। ऐन्द्री तथा इस प्रकार की जटिल अवस्था वाले रोगी गांव के साथियों के जिम्मे छोड़ दिए गए।

चार

युद्धभूमि से मास्को लौटने पर निकोलाय रोस्तोव का उसके कुटम्ब में बड़ा स्वागत-सत्कार हुआ। नगर में भी वीर योद्धा, उच्चाकांक्षी तरुण और शिष्ट तथा मनोरम व्यक्ति के रूप में जगह-जगह ग्रहण किया जाने लगा। क्लबों में उसका मान बढ़ गया। मार्च के आरम्भ में उसके पिता बूढे काउंट रोस्तोव ने प्रिंस वगरेशन के स्वागत में विशाल पैमाने पर एक भोज दिया। काउंट स्वयं सजावट से लेकर खाद्य-सामग्री तक सब बातों की देख-रेख कर रहे थे। वे व्यस्त थे कि अन्ना मिहालोवना उनसे मिलने आईं। काउंट उसे देखकर बड़े प्रसन्न हुए। उससे बातचीत के सिलसिले में काउंट को मालूम हुआ कि गीरी बेजुहोव भी यहां आ गया है। काउंट ने अन्ना से कहा—"उसे भी भोज में सपत्नीक आने को कह देना। मैं निमंत्रितों की सूची में नाम लिखे लेता हूं। यह रहा निमंत्रण!" अन्ना बोली—"वह बहुत दुखी है। जब उसके विवाह का उत्सव हम मना रहे थे तब हमें क्या पता था कि नियति उसे किधर ले जा रही है।"

"बात क्या है ?"

अन्ना ने गहरी सांस लेकर कहा—"मैरिया इब्नोवना का पुत्र दोलोहोव इसके भीतर है। सुनते हैं, उसकी स्त्री उसके पीछे पागल है। दुख की बात यह है कि पीरी ने ही उसे अपने पीतर्सबर्ग के मकान में निमंत्रित किया, स्थान दिया, परिचय कराया, रुपये-पैसे हर तरह से मदद की। अब पीरी इस वेदना से टूक-टूट हो गया है।"

"जैसे हो उसे भोज में लाना। इससे उसका मन-बहलाव हो जाएगा।" काउंट ने कहा।

तीन मार्च को दावत में आए हए लोगों से इंग्लिश क्लब के सब कमरे भरे थे। रोस्तोव देनीसोव और नवपरिचित दोलोहोव बीच में एक टेबल पर बैठे थे। सामने की ओर ही एक ओर पीरी बैठा था। चेहरे पर थकान थी ; वह मौन, अपने ही अन्दर खोया-खोया, मानो किसी अन्तर्द्वन्द्व में डूब रहा हो।

भीड़ में भी अकेला। सुनकर भी उसे कुछ सुनाई नहीं पड़ता था, देखकर भी कुछ दिखाई नहीं देता था। बात यह थी कि दोलोहोव के साथ उसकी पत्नी की घनिष्ठता को लेकर कुछ बातें उससे कही गई थीं ; एक गुमनाम पत्र भी उसे उसी दिन सुबह मिला था जिसमें कहा गया था कि उसके सिवा और सबको उसकी पत्नी और दोलोहोव के सम्बन्ध की बात मालूम है। इन्हीं सब बातों से उसका दिमाग परेशान था। कभी उसका मन कहता सब गलत है, एलेन ने तो स्वयं ही दोलोहोव को अपने घर टिकाने का विरोध किया था। फिर सन्देह एवं ईर्ष्या की हज़ार बातें उसे याद आने लगतीं। दोलोहोव की ओर वह देख न पाता था। उसे उसकी कितनी ही कुरुचिपूर्ण बातें याद आ रही थीं। 'उसके लिए किसीको मार देना मामूली बात है—वह सोचता है कि सब लोग उससे डरते हैं। तो क्या मैं भी डरता हूं। हां, मैं ज़रूर डरता हूं।' उसके मन में कोई भयंकर भावना जग-जग उठती। जब लोग ज़ार के स्वास्थ्य के लिए मदिरापान करने को उठ खड़े हुए तब भी पीरी अपने विचारों में इतना डूबा था कि बैठा ही रह गया। रोस्तोव ने उसे पुकारकर सावधान किया। पीरी चौंककर उठ खड़ा हुआ और गिलास खाली कर रोस्तोव से बोला—"अरे ! मैंने तो तुम्हें पहचाना ही नहीं !" पर रोस्तोव 'हुर्रे' चिल्ला रहा था इसलिए सुना ही नहीं।

"अरे भाई ! फिर से परिचय क्यों नहीं कर लेते ?" दोलोहोव ने रोस्तोव से कहा।

"उंह हटाओ, साला बेवकूफ है !" रोस्तोव ने उत्तर दिया।

"खूबसूरत औरतों के पतियों के प्रति ज़रा मृदु होना चाहिए।" देनीसोव ने कहा। पीरी सुन नहीं रहा था पर इतना समझ गया था कि बातें उसीके विषय में हो रही हैं।

"आओ, खूबसूरत औरतोंऔर उनके प्रेमियों के स्वास्थ्य के नाम पर एक गिलास !" दोलोहोव ने कहा और पीरी की ओर घूमकर आंखें नचाईं। पीरी आंखें नीची किए, बिना दोलोहोव की ओर देखे चुपचाप पी रहा था। क्लब के चपरासी ने कुतूज़ोव के वीरकाव्य की एक प्रति पीरी के पास लाकर रख दी। दोलोहोव ने झट उसे उठा लिया और पढ़ने लगा। पीरी ने

आंखें उठाईं, देखा, फिर उसकी आंखें झुक गईं। कुछ भयंकर, भीषण, गर्हित उसके अन्दर जग उठा था। सारे समारोह में संशय एवं क्रोध से उसका कलेजा जल रहा था। अकस्मात पीरी ने टेबुल के उस ओर झुककर दोलोहोव से उसे छीनते हुए कहा— "तुम्हारा यह साहस !" दोलोहोव उसे दे नहीं रहा था—बड़ी कठिनाई से पीरी ने उसे खींच लिया और कहा— "अबे गुंडे ! मैं तुझे देख लूंगा!" दोलोहोव शरारत-भरी आंखों से देखता रहा। इससे पीरी और भड़का। यहां तक कि दोनों के बीच 'डुएल' (द्वन्द्वयुद्ध) की बात तय हो गई। दूसरे दिन दोनों एकत्र हुए। मित्रों ने दोनों को समझाया। पीरी के मन में भी आ रहा था कि ज़रा-सी बात को मैं तूल दे रहा हूं और एलेन बिलकुल निर्दोष हो सकती है। पर जब समय आया तो वह अपनी सद्भावनाओं को उभार न सका, हृदय के गर्त से राक्षसी भावनाएं उठकर ऊपर आ गईं। द्वन्द्व हुआ और उसमें दोलोहोव पीरी की पिस्तौल से निकली गोली से आहत होकर गिर पड़ा। उसका चेहरा पीला पड़ गया था। पीरी चीख उठा, रोपड़ा और उसकीओर दौड़ा पर दोलोहोव नेचि ल्लाकर सीमा न पार करने और दूर रहने को कहा। दोलोहोव हिमाच्छादित भूमि पर पड़ा उठने की चेष्टा कर रहा था, उसकी जीभ सूखकर ऐंठ रही थी; उसने मुंह खोलकर बर्फ के गाले का एक ढेला नोच लिया, और उठकर पिस्तौल पर निशाना साधा। फायर किया किन्तु निशाना चूक गया। द्वन्द्व में पीरी की विजय हुई। पर अपने अन्तर्द्वन्द्व में वह असहाय-सा चीखने लगा। बड़ी मुश्किल से उसके मित्र उसे घर ले गए।

दोलोहोव को जब बर्फ गाड़ी में रखकर उसके मित्र ले जा रहे थे तब बीच में उसे होश आया। उसने अपने पास बैठे रोस्तोव का हाथ अपने हाथ में ले लिया। इस समय उसके चेहरे पर अद्भुत नम्रता अंकित थी। रोस्तोव ने कहा— "कैसी तबीयत हो रही है ?"

"अच्छी नहीं है, किन्तु मुझे उसकी चिन्ता नहीं। हम हैं कहां? मास्को में हैं न ? मुझे अपनी परवाह नहीं है किन्तु मैंने उसे मार डाला...उसे। वह इसे न सह पाएगी...न सह पाएगी..." दोलोहोव ने हांफते हुए कहा।

"कौन ?" रोस्तोव ने पूछा।

"मेरी मां ! मेरी देवी, मेरी पूजा की देवी, मेरी मां।" और रोस्तोव का हाथ छाती पर रखकर दोलोहोव फूट-फूटकर रोने लगा। शान्त होने पर उसने बताया कि मैं अपनी मां के साथ रह रहा हूं और वह यदि मुझे मरते देख लेगी तो उस आघात को सह न पाएगी।' उसने रोस्तोव से उसके पास जाने और इस दुखद समाचार के लिए उसे तैयार करने का अनुरोध किया। रोस्तोव चला गया। आज उसे मालूम हुआ कि जिसे दुनिया गुण्डा-बदमाश समझती है वह अपनी बूढ़ी मां और एक कुबड़ी बहिन के साथ रहता है और कोमलतम पुत्र तथा भाई का हृदय उसके अन्दर मौजूद है।

पीरी रात को न जाने कब और किस मनोदशा में घर पहुंचा और अपने अध्ययनकक्ष में ही पड़ रहा। सुबह बड़ी देर बाद जब नौकर कॉफी लेकर आया तब वह कोच पर हाथ में किताब लिए निद्रामग्न था। सहसा हड़बड़ाकर उठ बैठा। इसी समय एलेन ने कमरे में प्रवेश किया। जब तक नौकर चला न गया वह खड़ी रही। फिर पूछा—"यह सब क्या मामला है ? इस द्वन्द्व-युद्ध का क्या मतलब है ? इससे तुम क्या सिद्ध करना चाहते हो ? बोलो, जवाब दो।" पीरी ने सोफे पर करवट लेते हुए मुंह खोला पर जवाब न दे सका।

"तुम जवाब न दोगे तो मैं दूंगी। तुम जो कुछ सुनते हो सबपर विश्वास कर लेते हो। तुमसे किसीने कह दिया कि दोलोहोव मेरा प्रेमी है और तुमने विश्वास कर लिया। पर इससे सिद्ध क्या हुआ ? इस द्वन्द्व से क्यासाबित हुआ ? यही न कि तुम मूर्ख हो ? इसका नतीजा यही हुआ कि सारे मास्को में मेरा उपहास हो रहा है, लोग कह रहे हैं कि तुम मदहोश थे और बिना जाने कि क्या कर रहे हो तुमने एक ऐसे आदमी को चुनौती दी जिससे अकारण तुम्हें ईर्ष्या थी...और जो निश्चय हर बात में तुमसे ज़्यादा अच्छा आदमी है..."

"हूं !" पत्नी की ओर देखे बिना पीरी के मुंह से निकल गया।

"और तुम्हें कैसे विश्वास हो गया कि वह मेरा प्रेमी है ? इसीलिए न कि मैं उसकी संगत में रहना पसंद करती हूं ? यदि तुम बुद्धिमान और मिलनसार

होते तो उसकी अपेक्षा तुम्हारा साथ पसन्द करती।"

"मुझसे कुछ न बोलो, मैं प्रार्थना करता हूं।"

"क्यों न बोलूं? बोलूंगी ; जो बात होगी कहूंगी। मैं तुमसे साफ-साफ कहती हूं कि ऐसी बहुत कम स्त्रियां होंगी जो तुम्हारे जैसे पति के साथ रहकर किसी पर-पुरुष से प्रेम न करें किन्तु मैंने ऐसा नहीं किया।" पीरी ने कुछ कहने की चेष्टा की, कुछ अजीब नज़रों से उसकी ओर देखा और फिर सोफे पर पड़ गया। इस समय उसे गहरी शरीर-यातना हो रही थी ; लगता था जैसे छाती पर पत्थर रखा हो जिससे वह सांस न ले पा रहा हो। वह अनुभव कर रहा था कि उसे कुछ ऐसा करना चाहिए कि इस यातना का अन्त हो किन्तु जो कुछ वह करना चाहता था वह अत्यन्त भयावना था।

"अच्छा हो हम अलग हो जाएं।" पीरी ने यत्नवत् कहा।

"अलग ? ज़रूर, पर उसी हालत में जब मेरे लिए तुम सम्पदा की व्यवस्था कर दोगे। अलग ? तुम मुझे डराने के लिए धमकी देते हो?" एलेन ने कहा।

पीरी कोच से उछल पड़ा और लड़खड़ाता हुआ उसकी ओर दौड़ा। "मैं तुझे मार डालूंगा"—और टेबुल से संगमरमर उखाड़कर हाथ में ले लिया। उसे आज तक पता न था कि उसके शरीर में इतनी शक्ति है। उसने पत्थर मारने के लिए हाथ घुमाया। एलेन भय से चीखकर भागी। पीरी ने मर्मर खण्ड को ज़मीन पर फेंक दिया। वह चूर-चूर हो गया। फिर दोनों बांहें फैलाकर एलेन की ओर दौड़ा और 'चली जा' इतने ज़ोर से कहा कि सारी हवेली कांप उठी और घर में दूर-दूर तक लोग उसकी आवाज़ सुनकर डर गए। यदि एलेन भाग न गई होती तो न जाने उस समय क्या हो गया होता।

एक सप्ताह बाद पीरी ने अपनी जायदाद का आधे से अधिक भाग पत्नी के नाम लिख दिया और अकेले पीतर्सबर्ग चला गया। दोलोहोव, चिकित्सा और सुश्रूषा से अच्छा हो गया। बीमारी के दिनों में उसे रोस्तोव

की अच्छी मित्रता हो गई। पहले भय था कि इस झगड़े में भागीदार होने के कारण रोस्तोव को कहीं निम्न पद पर रखा जाएगा किन्तु उसके पिता बूढ़े काउंट के प्रयत्नों से उसके सम्बन्ध की बात प्रकाश में ही न आने पाई और तरक्की पाकर वह मास्को के गवर्नर का पार्षद बना दिया गया। इसके कारण परिवार के अन्य लोगों के साथ वह अपने गांव न जा सका और सारी गर्मी अपने काम पर मास्को में ही बितानी पड़ी।

प्रास्तर लित्ज़ के युद्ध में पराजय और प्रिंस ऐन्ड्री के लोप का समाचार ब्लीक हिल्स तक दो महीने पूर्व पहुंच चुका था। बड़ी चेष्टा के बाद भी न तो उनका शव मिला, न बन्दियों में ही कहीं उनका पता था। कुतूज़ोव ने बूढ़े पिता को अपने पत्र में लिखा—"आपका पुत्र मेरे सामने अपने हाथों में पताका लिए हुए, युद्धभूमि में वीर की भांति गिरा था। हमें और समस्त सेना को अफसोस है कि अभी तक यह पता नहीं लग सका कि वह जी रहा है या मर गया। बन्दियों अथवा युद्धभूमि में पाए हुए घायलों एवं मृतकों की सूची में उसका नाम नहीं है। इसीलिए मैं अपने को और आपको इस कल्पना से सुख देना चाहता हूं कि आपका पुत्र अभी जीवित है।"

शाम को यह पत्र पाने के बाद भी, दूसरे दिन सुबह सदा की भांति बूढ़े बोलकोंस्की घूमने गए। अन्तर यही था कि आज उन्होंने रास्ते में मिलने वाले मिस्त्री, माली किसीसे बात न की। चेहरे पर एक खिंचावट थी। जब कुमारी मैरिया उनके पास गई तो वे खराद पर काम कर रहे थे। मैरिया उन्हें देखकर ठक-सी रह गई। आंखों से देखा नहीं गया। उसने इतना ही देखा कि यद्यपि पिता के चेहरे पर दुख की छाया नहीं है, टूटने का चिह्न नहीं है किन्तु उसपर प्रतिहिंसा और अस्वाभाविक अन्तर्द्वन्द्व की ऐसी रेखा है जो उसे मारने को तत्पर है—एक भयानक आपदा, जीवन का सबसे भयंकर संकट जिसे उसने आज तक जाना नहींथा—जो अपूरणीय है, अलंध्य है, एक प्रियतम व्यक्ति का मरण।

"पिताजी, ऐन्ड्री!" उसने अकथ वेदना एवं आत्मविस्मरण के स्वर में कहा कि पिता उससे आंख़ें न मिला सके और दूसरी ओर मुंह करके रो पड़े।" कुतूजोव लिखता है—"वे बन्दियों में नहीं हैं, मृतकों में नहीं है !" फिर चीखकर कहा—"मारा गया है !"

मेरिया बेहोश नहीं हुई और ये शब्द सुनते ही उसके पीले मुख पर एक अद्भुत शान्ति दिखाई पड़ी; आंखों में एक विचित्र ज्योति छा गई, जैसे वह इस दुनिया के हर्ष-शोक से दूर एक दूसरे लोक में पहुंच गई हो। उसने जाकर पिता के गले में बांहें डाल दी और बोली—"पिताजी ! मुझे दूर न करें; हम दोनों मिलकर उसके लिए रोएंगे।"

"बदमाश ! लुच्चे! कायर !" चीखकर और अपना सिर लड़की के पास से हटाते हुए बूढ़ा बोला—"सेनाका नाश कर दिया! आदगियों का नाश कर दिया ! किसलिए? जा, जा, लीज़ा को सूचना दे न।"

मैरिया धम से, पिता के पास, एक आरामकुर्सी पर गिर गई और फूट-फूटकर रोने लगी। फिर पूछा—"पिताजी ! कैसे क्या हुआ ?"

"जा, भाग जा। ऐसी पराजय में वह मारा गया जिसमें इन सबने रूस के सर्वोत्तम आदमियों और रूस के गौरव का सत्यानाश कर दिया। चली जा, बेटी। जा, लीज़ा से कह। मैं भी थोड़ी देर में आता हूं।" मैरिया गई, अपनी गर्भवती भाभी की गोद में उसने मुंह छिपा लिया पर जो कहने गई थी, वह कह न सकी। रोने लगी। लीज़ा के पूछने पर बोली—"कुछ नहीं, ऐन्ड्री की याद आ गई थी।" तब से कई बार उसने अपनी भाभी को भावी समाचार के लिए तैयार करने की कोशिश की पर कुछ कह न सकी। लीज़ा पूछती—"क्या कोई खबर मिली है ?" मैरिया कहती—नहीं, कोई खबर नहीं पर पिताजी बहुत विकल हैं, मुझे डर लगता है।" मैरिया नित्य भगवान से प्रार्थना करती कि उसका भाई सकुशल घर वापस आए।

19 मार्च का दिन। आज लीज़ा का मुंह पीला पड़ गया था। एक दासी के इशारे पर दाई बोगदानोवना को भुला भेजा गया। दाई आई पर लीज़ा की वेदना बढ़ती गई वह बार-बार पूछती—"मास्को से डाक्टर आया या नहीं?"

(लीज़ा एवं ऐन्द्री की इच्छानुसार बूढ़े पिता ने पहले ही एक जर्मन डाक्टर को बुला भेजा था)। दाई ढाढ़स देती, समझाती कि चिन्ता की बात नहीं है। प्रसव-वेदना आरम्भ हो गई थी। संसार का सबसे रहस्यमय उपक्रम अन्दर ही अन्दर चल रहा था। लोगों के हृदय की धड़कन बढ़ती गई। कोई सो न सका।

यह इस प्रकार की रात थी जब ग्रीष्म का आगमन होते-होते शिशिर लौट आता है। हिमपात होता है, बर्फानी आंधियां चलती हैं। मैरिया अपने कमरे में एक बूढ़ी नर्स के पास चुपचाप बैठी थी। मोमबत्ती जल रही थी। एकाएक प्रभंजन के झोंके से खिड़की खुल गई ; शमा बुझ गई। मेरी कांप उठी। नर्स ने उठकर खिड़की बन्द करने की चेष्टा की परन्तु हवा ने उसे पुनः खोल दिया। ऐसे ही समय घोड़े की टापों की आवाज़ सुन नर्स बोली—"बेटी ! कोई आ रहा है। मेरा ख्याल है, डाक्टर..."

"ईश्वर का धन्यवाद। मैं जाती हूं, वे रूसी भाषा नहीं जानते।" और एक शाल डालकर वह सीढ़ियों से उतरने के लिए बरामदे को पार करने लगी। उसने दूर से आते शब्द सुने—"और पिताजी?" तथा दरबान के शब्द—"वह सोने चले गए हैं !" बोली जानी-पहचानी। 'तो क्या यह ऐन्द्री है ! पर वह असम्भव है।' वह आगे बढ़ी और देखा कि नौकर शमा लिए आगे-आगे चल रहा है और पीछे एक आदमी है। पीला और दुबला—पर वही है ऐन्द्री! वह सोच ही रही थी कि ऐन्द्री ने अपनी बहिन को भुजाओं में भर लिया!

"तो तुम्हें मेरा पत्र नहीं मिला ?" फिर डाक्टर की ओर जो उसको पिछले स्टेशन पर मिल गया था, घूमकर, बहिन को सुनाते हुए कहा—कैसा भाग्य है माशा !" फिर पत्नी के कमरे की ओर गया। लीज़ा तकियों के सहारे लेटी हुई थी ! उसके काले बाल पसीने की बूंदों से भरे और कुछ फूले गालों पर बिखरे हुए थे। अभी क्षण-भर पहले उसकी वेदना कुछ देर के लिए शान्त हो गई थी। होंठ किंचित् खुले, मुंह पर मुस्कान ! ऐन्द्री जाकर पैताने की ओर खड़ा हो गया। लीज़ा का मुंह मौन वाणी में कह रहा था—"मैं तुम सबको प्यार करती हूं; मैंने किसीका अहित नहीं किया। तब मैं क्यों पीड़ा भोग रही हूं? मेरी सहायता करो।" ऐन्द्री ने पीछे जाकर माथे

को चूम लिया। फिर बोला—"मेरी धरोहर ! मेरी प्रियतमे ! ईश्वर दयालु है।" ऐसी बातें उसने जीवन में पहले कभी न कही थीं। पत्नी कुछ न बोली; उसकी आंखें कह रही थीं—"मैंने तुमसे सहायता की उम्मीद रखी थी पर तुमने भी..." और दर्द की एक लहर फिर उठ खड़ी हुई। नर्स ने ऐन्द्री से बाहर जाने को कहा। डाक्टर कमरे के अन्दर गया। ऐन्द्री पत्नी के कमरे के पास के कमरे में आकर बैठ गया। एक भीता दासी सामने से भागती चली गई। फिर करुणाजनक, असहाय कराहें आने लगीं। फिर एक भयंकर चीख ! ऐन्द्री दौड़कर कमरे के दरवाज़े पर खड़ा हो गया। फिर चीख ! चीख बन्द हुई और एक बच्चे का रोदन !

जब उसका ध्यान रोदन के रहस्य पर गया तो मारे खुशी के वह रो पड़ा। पर इसी समय डाक्टर बाहर निकले। निराश, दुखी, कठोर चेहरा, बिना उत्तर दिए आगे बढ़ गए। लीज़ा मर चुकी थी।

पांच

1809 ई० के वसन्त में प्रिंस ऐन्द्री, अपने पुत्र को वसीयत में मिली हुई, राइजान ज़मींदारी का निरीक्षण करने गए। नई दूर्वा धरित्री की गोद को हरीतिमा से ढकने लगी थी और भोज वृक्षों में नये पत्ते निकलने लगे थे। ऐन्द्री के मन की वह अवस्था थी जब कुछ भी सोचने को नहीं रह जाता। वह विचारहीन, प्रसन्न मुद्रा में घोड़ागाड़ी में बैठा चला जा रहा था। इस यात्रा में ऐन्द्री ने अपने सारे जीवन को एक नई दृष्टि से देखा और इस आशाहीन पर शान्त निष्कर्ष पर पहुंचा कि उसके लिए फिर से जीवन आरम्भ करने को कुछ नहीं रह गया है और उसे अपना जीवन किसीको हानि पहुंचाए बिना, किसी बात का भय किए बिना, कुछ भी आशा किए बिना बिता देना होगा।

ऐन्द्री विचारमग्न था कि उसे दाहिनी ओर के कुछ पेड़ों की झुरमुट के पीछे कुछ लड़कियों की खिलखिलाहट सुनाई पड़ी। सबके आगे-आगे एक

काले बालों और काली आंखों वाली दुबली-पतली लड़की शोर करती दौड़ी चली आ रही थी।

न जाने किस कारण से ऐन्द्री के हृदय में अकस्मात् पीड़ा उठ खड़ी हुई। दिन बड़ा ही सुहावना था, सूर्य चमक रहा था, चतुर्दिक सब वस्तुएं प्रसन्न हो उठी थीं पर उस तन्वंगी सुन्दरी लड़की को उसके अस्तित्व का कुछ भी ज्ञान न था, न कुछ जानने की परवा थी; वह अपने जीवन से सन्तुष्ट और सुखी थी—मूर्ख हो परन्तु प्रफुल्ल और सुखी थी।

सारा दिन बड़ी व्यस्तता में बीता। उनके वृद्ध मेज़बान काउंट इलिया ऐंदोविच रोस्तोव ने बड़ी खातिर की। किसीके नामकरण संस्कार का दिन निकट था ; बहुत-से मेहमान आए हुए थे। उनके बीच ऐन्द्री की विशेष आवभगत हुई। वही लड़की नताशा भी उसी घर में थी जो खिलखिलाती, नाचती-कूदती फिरती थी। रात को नई जगह ऐन्द्री को नींद न आई। कमरे में बड़ी गर्मी थी ; उसने शटर खोल दिए; कमरे में चांदनी यों फट पड़ी मानो बाहर देर से इसीकी प्रतीक्षा कर रही थी। रात उजेली और शान्त थी। उसके ठीक ऊपर जो कमराथा उसमें भी कुछ लोगथे। एक लड़की कह रही थी—"अच्छा, अब सो जाओ।"

ऐन्द्री ने उसकी आवाज़ पहचान ली।

"तुम सोओ, मुझे नींद न आएगी।" कहती वह लड़की खिड़की के पास आ गई, और बाहर की ओर झुककर शायद चांद को देखने लगी। ऐन्द्री को उसकी सांस सुनाई दे रही थी। फिर वह बोली—"सोनिया ! सोनिया ! कैसा सुन्दर ! तुम कैसे सो पाती हो ? उठो, उठो।" उसकी वाणी में मानो आंसू भरे हों। "तुम क्या मानो कि ऐसी रात पहले कभी नहीं आई। देखो तो कैसा चन्दा है ! कैसा प्यारा ! कैसा सुन्दर ! यहां आयो प्यारी सोनिया, आओ। हां, वह रहा। तुम देख रही हो? देखो,यूं बैठकर, अपने कोज़ोर से धकेलकर यूं उड़ जाने को मन करता है !"

"सावधान, नहीं तो गिर पड़ोगी। और देखो एक बज चुका है !"

"अरे ! तू सब चौपट कर देती है। अच्छा, जा बिस्तरे पर।" इसके

बाद शान्ति छा गई।

ऐन्द्री अनुभव कर रहे थे कि अब भी वह लड़की खिड़की पर बैठी है। "हे मेरे प्रभु ! यह सब क्या है ?" वे सोच रहे थे कि वह उनके बारे में कुछ ज़रूर कहेगी लेकिन उसने तो कुछ भी नहीं कहा। न जाने क्यों उनके हृदय में सहसा यौवनोन्मेष से पूर्ण आशाएं और धारणाएं उठने लगीं—धारणाएं जो उनके जीवन-क्रम के सर्वथा विपरीत थीं। वे उनसे डरकर जल्दी-जल्दी पलंग पर पड़ गए और सो भी गए।

दूसरे दिन स्त्रियों से भेंट होने के पूर्व ही ऐन्द्री वहां से विदाहो गए।

जून के आरम्भ में ऐन्द्री फिर राइज़ान की ज़मींदारी में गए। वही जंगल था पर इस समय वह फूलों से भर उठा था। कोयल कूक रही थी। वन का बायां भाग घनी छाया के कारण अन्धकाराच्छन्न था; दाहिना भाग वर्षा की नन्ही बूंदों से चमक रहा था। सहसा ऐन्द्री एक अतीन्द्रिय आनन्द से भर उठे। जीवन की समस्त श्रेष्ठ स्मृतियां उनकी आंखों में नाचने लगीं। अपने सुन्दर उच्चाकाश से पूर्ण आस्तरलित्ज़, उनकी मृत स्त्री का उलाहने से भरा मुख, रात्रि-सौन्दर्य से विह्वल वह लड़की, वह चांद, वह रात—सब उसके मन पर छा गए। ऐन्द्री ने निर्णय किया कि नहीं, इकत्तीस वर्ष की आयु में जीवन का अन्त नहीं हो सकता। मेरे अन्दर जो कुछ है उसका ज्ञान सबको होना चाहिए; पीरी को, आकाश में उड़ जाने को उत्सुक उस लड़की को, हरएक को जानना चाहिए कि मेरा जीवन केवल मुझपर ही रिक्त नहीं होगा, वह सबमें प्रतिबिम्बित होगा और सब मेरे जीवन में भाग लेंगे। घर पहुंचकर ऐन्द्री ने कुछ दिनों बाद पीतर्सबर्ग जाने का निर्णय किया।

1808 ई० के आरम्भ में पीरी अपनी ज़मींदारी से पीतर्सबर्ग लौट आया। उसका जीवन उसी पुराने ढंग पर चल रहा था। बढ़िया भोजन और मदिरा का वह प्रेमी था और अनैतिक तथा अपमानजनक समझते हुए भी अविवाहितों के अनेक प्रलोभनों से अपनी रक्षा करने में असमर्थ था।

इसी ज़माने में उसे उसकी पत्नी का एक पत्र मिला जिसमें उसने उससे मिलने की प्रार्थना की थी, और अपने दुखी जीवन का ज़िक्र कर विश्वास दिलाया था कि अब वह अपना सारा जीवन उसकी सेवा में लगाएगी। उसने यह भी सूचित किया था कि एक ही दो दिनों में वह विदेश से पीतर्सबर्ग पहुंचने वाली है। उसकी सास, प्रिंस वेसिली की पत्नी, का भी कुछ ऐसा ही पत्र उसे मिला। पीरी ने सोचा कि ये सब फिर मुझे फंसा रहे हैं परन्तु उसके मन की इस समय जो अवस्था थी उसमें प्रस्ताव उसे बुरा भी नहीं लगा। पीरी जीवन में किसी चीज़ को विशेष महत्त्व नहीं देता था, इसलिए उसने अपनी स्वतन्त्रता अथवा पत्नी को दण्ड देकर अपनी मनमानी करने का कुछ खयाल नहीं किया। उसने सोचा—'कोई भी सही नहीं है ; किसीका दोष नहीं है, तब उसे बेचारी का ही क्या दोष?' 23 नवम्बर को पीरी ने अपनी डायरी में लिखा—"अपनी पत्नी से मेरा फिर मेल हो गया है। मेरी सास आंखों में आंसू भरे आकर गिड़गिड़ाने लगी कि वह निर्दोष है और मेरे त्याग देने के कारण बहुत दुखी है। मैंने निश्चय किया है कि एक क्षमाप्रार्थिनी की सहायता करने से इन्कार करना उचित न होगा। मुझे हरएक की ओर सहायता का हाथ बढ़ाए रखना है, तब जो मेरे जीवन के इतना निकट रही है उसे सहायता देने से इन्कार मैं कैसे कर सकता हूं ? मुझे एक नये सिरे से जीवन आरम्भ करने की चेतना का अनुभव हो रहा है।"

उस ज़माने में श्रीमंत समाज तीन भागों में बंटा था। इसमें सबसे बड़ा फ्रेंच मण्डल था—काउंट रूमियानस्तेव एवं कालेनकोर्त का दल, जो नेपोलियन के साथ मैत्री रखने का समर्थक था। एलेन का इस दल में बड़ा आदर था। जब एरफुर्त में सम्राटों का मिलन हुआ था तब भी एलेन वहां थी और इस मण्डल के सभी प्रमुख व्यक्तियों से उसका बड़ा घनिष्ठ सम्पर्क था।नेपोलियन ने भी उसे किसी थियेटर में देखा था और उसके सौन्दर्य की प्रशंसा की थी। उसकी इन सफलताओं से पीरी को कोई आश्चर्य नहीं होता था क्योंकि इन वर्षों में वह पहले से भी ज़्यादा सुन्दर दिखने लगी थी। हर

आदमी उसके सौन्दर्य, उसकी शालीनता और उसकी बुद्धि का प्रशंसक था। इस फैशनेबुल सोसायटी वाली नारी के लिए पीरी उपयुक्त पति था क्योंकि वह अनमना, सनकी और किसीके रास्ते में न आने वाला व्यक्ति था। पिछले दो सालों से भौतिक वस्तुओं में उसकी कोई दिलचस्पी नहीं रह गई। इसलिए उसकी पत्नी के पास कौन आता है, कौन जाता है इस मामले में वह बिलकुल उदास हो गया था ; अपनी पत्नी की बैठक में ठीक उसी तरह प्रवेश करता था जैसे कोई थियेटर में प्रवेश करता है।

31 दिसम्बर को नववर्ष आगमन के अभिनंदन में एक बड़े आदमी ने नृत्य-समारोह का आयोजन किया। इसमें सभी बड़े आदमी भाग लेने वाले थे। जार तथा राजदूतों के आने की भी आशा थी। तय यह हुआ था कि रोस्तोव परिवार ठीक दस बजे घर से निकलकर मैरिया पेरोंस्की को लेताहुआ नृत्य में जाएगा। दस बज गए पर अभी रोस्तोव नारियां अपनी तैयारी और सज्जा में ही लगी थीं। नताशा सोनिया को सजते देख रही थी इस तरह नहीं, इस तरह कह-कहकर बीच-बीच में उसे सजाने में सहायता दे रही थी। उधर बूढ़े काउंट बार-बार देर होने की शिकायत कर रहे थे। कहीं ग्यारह बजे के लगभग वे लोग निश्चित स्थान पर पहुंचे।

नृत्यागार में बड़ी भीड़ थी।लोग ज़ार की प्रतीक्षा में थे।नताशा ने अनुभव किया कि लोग उसकी ओर देख रहे हैं। कई बार वे उसने लोगों को पूछते सुना– –यह कौन है ? उसे पीरी का परिचित चेहरा दिखाई दिया। वह प्रसन्न हो गई। पीरी ने उससे समय पर नृत्य समारोह में पहुंच जाने और उसके लिए नर्तक साथी खोज देने का वादा किया था। वह एक लम्बे खूबसूरत आदमी के साथ, जिसके सीने पर सैनिक सम्मान के अनेक तमगे तथा चिह्न थे, बातें कर रहा था। नताशा ने पहचान लिया। यह ऐन्ड्री बोलकोंस्की था। नताशा ने उसकी ओर संकेत करते हुए मां से “कहा– –देखो अम्मा, यह वही आदमी है जो एक दिन हमारे यहां आकर टिका था !”

जब ज़ार आ गए, नृत्य-गीत वाद्य में बजने लगा। एक सैनिक अधिकारी ने एलेन के साथ नृत्य का आरम्भ किया। धीरे-धीरे नृत्य-समारोह पूरे ओज पर आ गया। इस समय पीरी ऐन्द्री को नताशा के पास ले आए और उसके साथ नाचने के लिए कहा। ऐन्द्री ने पहचान लिया कि यह वही लड़की है जो उस दिन रात के सौन्दर्य के कारण सो नहीं पाती थी। नताशा कई बार उनके साथ नाची। यहां तक कि उसकी सांस फूलने लगी। समारोह के अन्त में ऐन्द्री ने उससे पूछा कि संध्या कैसी बीती, तो उसने कहा—"मुझे आज जैसी खुशी जीवन में कभी नहीं हुई थी।"

ऐन्द्री के मन में सहसा यह भावना आई कि काश वह मेरी पत्नी होती। उन्हें स्वयं अपनी इस भावना पर आश्चर्य हुआ।

दूसरे दिन काउंट इलिया ने प्रिंस ऐन्द्री को खाने पर बुलाया। घर में प्रवेश करते ही नताशा से भेंट हुई। दोनों हर्ष-विह्वल हो उठे। नताशा को लगता था कि जिस दिन उसने पहली बार ऐन्द्री को देखा उसी दिन से उन्हें प्यार करने लगी है।

उधर लौटकर ऐन्द्री जब पीरी से मिले तो उन्होंने भी नताशा के प्रति अपने गहरे प्रेम और उससे विवाह करने का निश्चय प्रकट किया।

विवाह के लिए पिता की अनुमति प्राप्त करने के लिए ऐन्द्री उनके पास गए। पिता प्रस्ताव सुनकर ऊपर से शांत रहे पर अन्दर क्रोध से जल-भुनकर रह गए। बोले—"पहली बात तो यह कि वंश, वैभव या यश की दृष्टि से यह विवाह कुछ अच्छा नहीं। दूसरी बात यह कि तुम अब यौवन के प्रथम चरण में नहीं हो। तीसरी बात यह कि तुम्हारा पुत्र है, उसे एक नन्ही बालिका के ज़िम्मे छोड़ना क्या श्रेयस्कर होगा ? इसलिए मैं तुमसे कहता हूं कि एक साल के लिए इसे स्थगित रखो, विदेश चले जाओ, स्वास्थ्य-लाभ करो। एक वर्ष बाद भी तुम्हारा प्रेम या वासना का आवेश, जिस भी नाम से तुम उसे पुकारना पसन्द करो, कायम रहे तो शादी करना।"

नताशा के यहां ऐन्ड्री को गए तीन सप्ताह बीत गए। नताशा प्रतीक्षा करते-करते निराश हो गई। उसने अपनी मां से कहा कि मैं ऐन्ड्री के बारे में कुछ भी सोचना-कहना नहीं चाहती। मुझे अब उनसे कोई मतलब नहीं है। मैं शादी भी नहीं करूंगी।

तीन सप्ताह बाद जब ऐन्ड्री सहसा रोस्तोव भवन पहुंचा तो नताशा ने मां से कहा—"मां! बोलकोंस्की न जाने क्यों आए हैं।... मैं अब उत्पीड़न बरदाश्त नहीं कर सकती। उनका रवैया असह्य है।" वह बात कर ही रही थी कि ऐन्ड्री वहां पहुंच गए। काउंटेस से बोले—"मैं अपने पिता के यहां चला गया था, इसीलिए आ नहीं सका। कल ही रात लौटा हूं। आपसे मुझे कुछ विशेष बात करनी है।" नताशा सुनते ही चली गई। ऐन्ड्री ने काउंटेस से कहा—"मैं आपकी कन्या के पाणिग्रहण का प्रस्ताव लेकर आपके पास आया हूं।" काउंटेस ने उसकी ओर देखते हुए, कुछ देर बाद कहा—"मुझे और मेरे पति को इससे खुशी होगी पर निर्णय नताशा के हाथ है।"

"आप लोगों की सहमति प्राप्त होने पर मैं उससे कहूंगा। आपकी सहमति है ?"

"हां, और मेरे पति भी सहमत होंगे। पर तुम्हारे पिता?" ऐन्ड्री ने पिता की एक वर्ष वाली शर्त सुना दी। थोड़ी देर बाद काउंटेस चली गईं; नताशा सिर झुकाए आई। ऐन्ड्री ने कहा—"जिस क्षण मैंने पहली बार तुम्हें देखा था उसी क्षण से प्यार करने लगा हूं। क्या मैं तुम्हारी आशा करूं ? तुम मुझे प्यार करती हो?"

"हां, हां।" उसने बड़ी कठिनाई से कहा और सिसक पड़ी। ऐन्ड्री घबरा गए पर नताशा ने कहा—"खुशी से मेरा कलेजा फटा जा रहा है।"

विदेश जाते समय ऐन्ड्री ने नताशा से कहा—"कभी कोई संकट पड़े तो तुम पीरी के पास जाना। वही एक ऐसा व्यक्ति है जिसपर तुम विश्वास कर सकती हो। उसका हृदय खरा सोना है।"

छः

जाड़े के आरम्भ में प्रिंस निकोलाय ऐन्द्रियातिश बोलकोंस्की, अपनी कन्या के साथ मास्को में रहने के लिए आ गए थे। साल-भर के अन्दर ही वे बहुत बूढ़े लगने लगे थे। कभी-कभी उनपर एक प्रकार की मूर्छा छा जाती, कुछ दिन पूर्व की घटनाएं भी भूल जातीं। प्रिंस ऐन्द्री के देश लौटने और विवाह का समय निकट आ रहा था पर लड़की के विषय में कोई भी चर्चा सुनते ही वे लाल-पीले हो उठते थे।

उधर काउंट इलिया रोस्तोव भी जनवरी के अन्त में, अपनी दोनों लड़कियों नताशा और सोनिया के साथ, मास्को में आ गए थे। काउंटेस बीमार थीं इसीलिए इन लोगों के साथ न आ सकीं। ऐन्द्री किसी भी दिन लौट सकता था। फिर रोस्तोव ने यह भी सोचा कि बूढ़े बोलकोंस्की भी मास्को में हैं; इस बीच उनकी भावी पुत्रवधू से उन्हें परिचित करा देंगे। मास्को का उनका मकान बन्द पड़ा था और काउंटेस साथ न थीं इसलिए वे लोग परिवार के पुराने मित्र मेरिया दिमित्रेवना के साथ ठहरे।

दूसरे ही दिन दिमित्रेवना की सलाह से रोस्तोव नताशा को लेकर प्रिंस बोलकोंस्की से मिलने गए। बोलकोंस्की ने तबीयत खराब होने का बहाना करके मिलने से इनकार कर दिया। मैरिया मिली। रोस्तोव किसी दूसरे मित्र से मिलने चले गए और नताशा को मैरिया के पास कुछ देर के लिए छोड़ गए। उनका अभिप्राय यह था कि दोनों को साथ रहना है इसलिए दोनों स्वतन्त्रतापूर्वक बातचीत करके घनिष्ठ हो जाएंगी। पर मैरिया में नताशा के प्रति उसे देखने के पूर्व ही एक प्रकार की ईर्ष्या घर कर चुकी थी। इसमें नताशा के सौन्दर्य के प्रति ईर्ष्या की तुच्छ भावना तो थी ही, अपने भाई के इस लड़की के प्रति गहरे प्रेम के प्रति भी द्वेष था। इसलिए यह मिलन सफल न हुआ। न मैरिया को नताशा अच्छी लगी, न नताशा को मैरिया ही भाई।

उस दिन नताशा बड़ी उदास रही। सोनिया उसे समझाती और धीरज बंधाती रही। नताशा ने कहा—“मैं नहीं जानती किसकी गलती है, शायद

मेरी ही गलती हो पर बड़ी दुखजनक स्थिति है। वे न जाने कब आएंगे।" नताशा की आंखें रोते-रोते लाल हो गईं।

उसी दिन शाम को रोस्तोव परिवार एक संगीत-नाट्य देखने गया। दिमित्रेवना ने उनके लिए बाक्स के टिकट ले लिए थे। नताशा जाना नहीं चाहती थी पर मैरिया दिमित्रेवना के स्नेहपूर्ण व्यवहार को देखते हुए इन्कार न कर सकी। दिमित्रेवना ने उसीका मन बहलाने के लिए यह प्रबन्ध किया था।

नाटक-घर में प्रवेश करते समय उसने सामने लगे बड़े दर्पण में अपनी परछाईं देखी। देखा कि वह बड़ी सुन्दर लग रही है। यह देखकर उसका चित्त और उदास हो गया। मन में आया कि आज ऐन्ड्री होता तो मुझे यह हिचक न होती, जो यहां आने में हुई। मैं उसका आलिंगन करती, उसकी छाती से लग जाती, अपनी ओर देखने को विवश करती—मेरी आंखों में अपनी आंखें डालकर वह देखता जैसा प्रायः देखा करता था। वे आंखें ! मेरे आगे नाच रहीं हैं ! उसके पिता एवं बहन की क्या परवा ; मैं तो केवल उसे प्यार करती हूं, उसे, उसे, उसे। वह मुह, वे आंख़ें, वह हंसी ! बड़ी कठिनाई से उसने अपने आंसू रोके और वहां से हट गई।

जब वह बाक्स में बैठ गई और ज्योतिर्मय हाल में बैठे लोगों पर निगाह डाली तो उसे लगा कि सैकड़ों आंखें उसकी ओर लगी हैं। इससे उसे सुख भी हुआ, दुःख भी। कितनी ही स्मृतियां, आशाएं, इच्छाएं उसके मन में भर गईं। परिचित स्त्रियों ने नताशा से कहा कि वह गांव में रहकर पहले से भी सुन्दर हो गई है।

सामने के स्टाल में दोलोहोव खड़ा था। मास्को के प्रसिद्ध तरुणों में से अधिकांश उसके इर्द-गिर्द खड़े थे। एक लम्बी, सुन्दरी, कंधों पर बाल छिटकाए आकर बगल के बाक्स में बैठ गई। नताशा का ध्यान उसके सुन्दर कंधों और गले की ओर गया। इसी समय उस स्त्री ने रोस्तोव परिवार के लोगों की ओर देखा। काउंट को देखकर मुस्कराई। काउण्ट उससे झुककर बातें करने लगे। यह पीरी की पत्नी एलेन थी।

कुछ देर बाद एक बहुत सुन्दर युवक एलेन के पास आया और झुककर नताशा की ओर संकेत करते हुए उससे कुछ बातें करने लगा। काउण्ट ने नताशा से कहा—"भाई और बहन दोनों कितने सुन्दर हैं ! नताशा ने उधर देखा, इसी समय उस युवक कुरागिन की आंखों से उसकी आंख़ें मिल गईं। नाटक में बीच-बीच में जब भी पर्दा गिरता और प्रकाश हो जाता तब-तब नताशा देखती कि कुरागिन की आंख़ें उसीपर लगी हैं। उसके मन में एक गुप्त प्रसन्नता होती कि वह उसपर मुग्ध हो गया है। एक बार एलेन ने स्वयं आकर काउंट से कहा—"सारा नगर आपकी लड़कियों की सुन्दरता को सराह रहा है और मेरा उनसे परिचय नहीं। मुझे परिचित कराइए।" परिचय के बाद वह नताशा को अपने बाक्स में ले गई। कुरागिन भी उसके पास आकर बैठ गया। एलेन ने अपने भाई का परिचय नताशा से कराया। नताशा उससे मिलकर बड़ी प्रसन्न हुई। दोनों में बातें होती रहीं। बार-बार दोनों की आंखें मिल जाती थीं। एक बार जब ऐसा ही संयोग हुआ, नताशा को लगा कि दोनों के बीच वह विभेद रेखा नहीं रह गई है जो सभ्य परिचितों के बीच रहनी चाहिए। उसे अनुभव हुआ कि वह इस युवक के बहुत निकट आ गई है। एक प्रकार का भय उसके मन में समा गया कि कहीं वह एकांत में ले जा जाकर मुझे चूम न ले।

फिर पर्दा उठा। नताशा अपने बाक्स में चली गई। इस समय जैसे उसपर एक नशा छा रहा था। इस बीच उसे ऐन्द्री, उसकी बहन, उसके पिता की ज़रा भी याद न आई थी। लगता था, जैसे सम्पूर्ण अतीत स्मृति-पट से मिट गया है। उसका मन उत्तेजना से भर गया था। इस उत्तेजना का कारण कुरागिन था जिसकी ओर बार-बार देखे बिना वह रह न पाती थी। नाटक समाप्त होने पर जब वे लोग अपनी गाड़ी के पास आए तो कुरागिन नताशा को गाड़ी पर चढ़ने में सहायता करने आ गया और चढ़ाते समय विचित्र भाव से उसकी बांह पकड़कर दबाई। नताशा ने उसकी ओर देखा। कुरागिन ज्योतिर्मय आंखों से मुस्कराते हुए उसकी ओर देख रहा था।

घर पहुंचने पर ही नताशा समझ सकी कि क्या हो गया है। ऐन्द्री की याद आते ही वह डर गई और मन में कहा—'हे ईश्वर ! मैं तो लूट गई ! मैं इतने नीचे कैसे गिर गई ?' बहत देर तक वह अपने हाथों में मुंह छिपाए बैठी रही। वह समझना चाहती थी कि उसे क्या हो गया है ? उसके मन में सवाल उठ खड़ा होता था कि क्या उसके हृदय से ऐन्द्री का प्रेम नष्ट हो गया ?' क्या वे अब भी मुझे प्रेम करेंगे? पर यह 'अब भी' क्यों ? हे ईश्वर ! इस समय ऐन्द्री यहां क्यों न हुए ?' फिर उसने सोचा कि 'मैं इतनी घबरा क्यों रही हूं? कहीं तो कुछ नहीं हुआ है।' किन्तु इसी समय उसके हृदय ने कहा कि वह मुंह से चाहे जो कहे पर ऐन्द्री के लिए उसके प्रेम की वह पुरानी पतिव्रता खत्म हो चुकी है। उसे फिर क़ुरागिन की मुस्कान और विदाई के समय बातों को दबाना याद आ गया।

पीतर्सबर्ग में कुरागिन अपने पिता की कमाई पर गुलछर्रे उड़ाता फिरता था। बीस-पचीस हज़ार सालाना फूंक देता था; कर्ज़ अलग हो गया था। इसलिए उसके पिता ने बड़ी दौड़-धूप के बाद उसे प्रधान सेनापति के एडजूटेंट के पद पर रखवाकर उसे मास्को भेज दिया था। यहां वह पीरी के पास रहता था। पीरी उसे पसंद तो न करता था पर कुछ दिनों बाद अपनी आदत के अनुसार उदासीन हो गया। यहां भी कुरागिन का वही पुराना रवैया कायम रहा। वह शराब, औरतों और फैशन का भक्त था। मास्को की औरतों, विशेषतः जिप्सी टाइप की औरतों में वह बड़ा प्रिय हो उठा। बीच-बीच में अनेक तरह के मामले उठे और शान्त हो गए। किन्तु यथासम्भव वह अविवाहित लड़कियों से दूर रहता था। इसमें एक रहस्य की बात थी। दो साल पहले जब उसकी रेजीमेंट पोलैंड में थी वहां के एक किसान ने उसे अपनी लड़की से शादी करने को विवश कर दिया था। शादी के कुछ दिनों बाद उसने अपनी स्त्री को छोड़ दिया और अपने ससुर को काफी पैसा देकर उसका मुंह बन्द कर दिया।

नताशा कपड़े पहन रही थी कि दरवाज़ा खुल गया और एलेन ने प्रवेश

किया। नताशा को देखते ही वह बोली—"वाह री जादूगरनी ! सचमुच तुम परी-सी लगती हो। तुम जो भी पहनो तुमपर फबता है।" उसने काउंट को सपरिवार नौ बजे रात भोजन के लिए निमंत्रित किया। बात यह थी कि कुरागिन ने नताशा को प्राप्त करने में उससे सहायता की भीख मांगी थी। यह भोज दोनों को मिलाने का एक बहाना था। जाते-जाते वह नताशा से कह गई—"मेरा भाई न खाता है, न पीता है। वह केवल तुम्हारे लिए आहें भरता है। वह तुम्हारे प्रेम में पागल हो रहा है।...तुम्हारी मंगनी हो गई है तो क्या ? तुम्हारा मंगेतर भी यहां होता तो तुम्हारे सामाजिक समारोहों में शामिल होने को पसन्द करता। इस तरह एकान्त में उदास बैठना ठीक नहीं। तुम ज़रूर आना।

काउंट रोस्तोव लड़कियों के साथ एलेन के यहां गए। नताशा जिधर जाती वहीं अपने सौन्दर्य की प्रशंसा सुनती। अनातोल तो उसे छोड़ता ही न था। उसने भोजन के बाद उसे अपने साथ नाचने को विवश किया। नृत्यकाल में वह बराबर नताशा के मुंह पर अपनी आंखें जमाए रहा। उसने कहा—"मैं तुम्हें प्राणों की तरह प्यार करता हूं।" नताशा ने आंखें नीची करके कहा—"मुझसे यह सब न कहो। मेरी मंगनी हो चुकी है। मैं दूसरे को प्यार करती हूं..."

"मुझसे ऐसा न कहो। मैं तो इतना ही जानता हूं कि मैं तुम्हारे प्रेम में पागल हूं। तुम चितचोर हुईं, यह क्या मेरा कसूर है ?" अनातोल ने कहा।

जब नताशा ड्रेसिंग रूम में अपना ड्रेस ठीक करने गई तो वह धीरे से उसके पीछे-पीछे वहां भी चला गया और बोला—"मैं बार-बार तुम्हें देखने नहीं आ सकता किन्तु तुम्हें न देखकर जीना भी असम्भव है। मैं पागल की तरह तुम्हें प्यार करता हूं। क्या कभी...?" और वह उसकी आंखों में आंखें डालकर देखता रहा। उसकी बड़ी-बड़ी, पौरुष-भरी आंखें नताशा की आंखों के बिलकुल पास झुक आई थीं—यहां तक कि वह केवल उसकी आंखें ही देख पाती थी। "नताली!" अनातोल ने उसके कान में कहा और उसके हाथ को इतना दबाया कि पीड़ा होने लगी। नताशा कुछ न बोल सकी

पर उसकी आंखें कह रही थीं—'मुझे कुछ भी समझ में नहीं आता ! मैं क्या कहूं?' इसके बाद उसने देखा कि अनातोल के जलते हुए होंठ उसके होंठों से मिल गए।

उस रात नताशा सो न सकी। एक सवाल उसके सामने बार-बार उठ खड़ा होता और उसे उत्पीड़ित करता—"मैं किसे प्यार करती हूं ? अनातोल को या ऐन्ड्री को ?' उसे याद आता कि ऐन्ड्री को वह कितना प्यार करती थी—अब भी करती है ! किन्तु वह अनातोल को भी प्यार करती है, नहीं तो जो कल हुआ वह कैसे सम्भव था ? मैं तो प्रथम दर्शन से ही उसे प्यार करने लगी। मैं उसे प्यार किए बिना रह नहीं सकती। तब मैं क्या करूं ? पर वह इन प्रश्नों का कोई ठीक उत्तर न दे पाई।

दूसरे दिन दिमित्रवना ने काउंट रोस्तोव तथा लड़कियों से कहा—मैं बूढ़े बोलकोंस्की से मिली थी। वह कोई बात नहीं करना चाहता। अब मेरी सलाह मानकर आप लोग गांव लौट जाइए और ऐन्ड्री की प्रतीक्षा कीजिए।" बूढ़े रोस्तोव ने इस सलाह को ठीक समझा और तय किया कि मैं चन्द दिनों में मास्को के पास की अपनी ज़मीनें बेचकर गांव लौट जाऊंगा।

भोजन के बाद नताशा अपने कमरे में जाकर सोचने लगी—'दो में से किसी एक को चुनना होगा ? तब क्या उसे ऐन्ड्री को जो कुछ घटा है वह कह देना चाहिए ? उसके जिस प्रेम पर मैं इतने दिनों निर्भर रही उसे क्या यों छोड़ देना उचित होगा?' इसी समय एक परिचारिका ने आकर एक पत्र उसके हाथ पर रख दिया—"एक आदमी आपके लिए दे गया है !" नताशा ने लिफाफा फाड़कर पत्र निकाला और पढ़ने लगी। यह अनातोल का प्रेम-पत्र था। वह सोचने लगी—'मैं उसे प्यार न करती तो यह पत्र मेरे हाथों में क्यों होता?' अनातोल ने लिखा था—"कल से मेरी किस्मत पर मुहर लग चुकी है। तुम्हारा प्रेम प्राप्त करूंगा या फिर मर जाऊंगा। और कोई रास्ता नहीं रह गया है। तुम्हारे सम्बन्धी मेरे हाथों तुम्हें न सौंपेंगे। इसके कुछ गुप्त कारण हैं जिन्हें मिलने पर मैं बताऊंगा।

पर यदि तुम मुझे प्यार करती हो तो एक बार 'हां' कह दो। फिर दुनिया की कोई भी ताकत तुमसे मुझे जुदा न कर सकेगी।" पत्र पढ़कर नताशा ने बार-बार मन में कहा—'हां, मैं उसे प्यार करती हूं।'

उस रात सोनिया ज़रा देर से घर लौटी। नताशा के कमरे में गई तो देखा कि वह बिना कपड़े बदले ही सोफे पर सो गई है। अनातोल का प्रेमपत्र उसके पास पड़ा हुआ था। सोनिया ने उसे पढ़ा। पढ़कर वह पीली पड़ गई, कांपने लगी। सोचने लगी—'यह सब कैसे हो गया ? वह जालिया है। भला निकोलेंका सुनेगा तो उसकी क्या दशा होगी?'

"नताशा !" सोनिया ने पुकारा।

"आह ! तुम लौटकर आ गईं !" जगते हुए नताशा ने कहा।

फिर पत्र की ओर ध्यान जाते ही पूछा—"तुमने यह पढ़ लिया है ?"

"हां।"

"सोनिया ! मैं विवश हूं। मैं तुमसे छिपा नहीं सकती। तुम जान गई होगी कि हम एक-दूसरे को प्यार करते हैं। सोनिया ! प्यारी सोनिया !..."

सोनिया की आंखें आश्चर्य से फैल गईं, उसके मुंह से केवल इतना निकला—"किन्तु बोलकोंस्की ?"

"सोनिया ! यदि तुम जानतीं कि मैं इस समय कितनी प्रसन्न हूं। तुम नहीं जानतीं कि प्रेम..."

"किन्तु नताशा ! क्या तुम कहना चाहती हो कि वह सब खत्म हो गया ?" क्या तुम ऐन्द्री से सम्बन्ध तोड़ रही हो? मैं इसपर विश्वास नहीं कर सकती। पूरे साल तुम एक आदमी से प्यार कर रही थी और अब सहसा ...तुमने उसे केवल तीन बार देखा है नताशा !"

"तीन दिन ! पर मुझे ऐसा लगता है कि मैं उसे सौ साल से प्रेम करती रही हूं। मुझे जान पड़ता है कि इसके पहले मैंने किसीको इस तरह प्यार नहीं किया है। मैंने उसे देखते ही अनुभव किया कि वही मेरा स्वामी है और मैं उसकी दासी हूं। वह जो आदेश देगा, मैं वही करूंगी।"

"लेकिन मैं इसे नहीं होने दूंगी। मैं यह सब बता दूंगी।" और सोनिया फूटकर रो पड़ी।

"यदि तुम ऐसा करोगी तो तुम आज से मेरी दुश्मन हो!—और अब तुम जा सकती हो।"

सोनिया के चले जाने के बाद नताशा टेबुल पर गई और उसने ऐन्द्री को पत्र लिख दिया कि वह पिछली सब बातें भूल जाए, वह अब उसकी पत्नी नहीं हो सकेगी।

बूढ़े रोस्तोव जायदाद की बिक्री के बारे में बाहर गए हुए थे। दिमित्रेवना के साथ नताशा और सोनिया एक मित्र के यहां सहभोज में निमंत्रित होकर गई हुई थीं। वहां नताशा की फिर अनातोल से भेंट हुई। दोनों ने घुल-घुलकर न जाने क्या-क्या गुप्त बातें कीं।

सोनिया के लिए यह बड़ा दुखदायी था पर उसने उसपर नज़र रखना नहीं छोड़ा। एक दिन उसने देखा कि शाम के भोजन के समय नताशा बिलकुल अस्वाभाविक और उत्तेजित अवस्था में है। वह बातों का अधूरा जवाब देती है, अनमनी है। वाक्य अधूरे ही रह जाते हैं। बेमतलब अट्टहास कर उठती है। सोनिया चौकन्नी हो गई। दस बजे रात को उसने देखा कि एक दासी नताशा के कमरे में जा रही है। उसने दरवाज़े से कान लगाकर सुना कि दूसरा प्रेमपत्र नताशा को दिया गया है। एकाएक सोनिया के मन में आया कि कहीं दोनों भागने का प्रयत्न न कर रहे हों। ज़रूर ऐसा ही है। वह इस समय सब कुछ कर सकती है। 'मैं क्या करूं? काका बाहर गए हुए हैं। पीरी के पास जाऊं? दिमित्रवना से कहूं पर वह तो नताशा पर अटल विश्वास रखती है। जो भी हो, मैं इस परिवार में बचपन से पली हूं। मुझपर इन लोगों की अनन्त कृपा रही है। मैं उन्हें अपमानित न होने दूंगी। जैसे होगा, नताशा की रक्षा करूंगी।'

अपने मित्र दोलहोव की सहायता से अनातोल ने नताशा को उड़ा ले जाने का सब इन्तज़ाम पक्का कर लिया। तय हुआ कि तीन घोड़ों वाली तेज़ बर्फगाड़ी पर वे लोग पचास मील की दूरी पर स्थित कामेंका

गांव पहुंचेंगे जहां एक पादरी उनका विवाह करा देगा, वहां से घोड़ा-गाड़ी द्वारा वे वार्सा रोड होते हुए विदेश भाग जाएंगे। साईस बलागा इन लोगों के साथ ऐसे कितने ही दुष्प्रयत्नों में भाग ले चुका था। उसके घोड़े रास्ते में आने वाली दूसरी गाड़ियों को उलटते-पुलटते उड़ चलने के लिए मशहूर थे। रात के सन्नाटे में ये लोग दिमित्रेवना के भवन के सामने पहुंच गए। संकेत हुए। उत्तर मिले। एक दासी आई और बोली—"आंगन में चले आओ, नहीं तो कोई देख लेगा। वह एक मिनट में तैयार होकर आती हैं।" दोलोहोव दरवाज़े पर रहा। अनातोल दासी के पीछे-पीछे आंगन में आ गया। सहसा दिमित्रेवना के भीषणाकार अश्वपाल गेवरीलो ने आकर कहा— "इधर चलिए, गृहस्वामिनी के पास!" दोलोहोव समझ गया। वहीं से चिल्लाया—"भगो अनातोल! भगो! धोखा दिया गया है। दोलोहोव भी आकर गुंथ गया और बड़ी मुश्किल से दोनों कूद-फांदकर निकल भागे।

बात यह हुई कि दिमित्रेवना ने गलियारे में सोनिया को रोते देख उससे सब बातें जान लीं। नताशा को खूब फटकारा। नताशा बेहोश होकर गिर पड़ी। फिर होश में आई तो उसने बुदबुदाकर कहा—"मैं क्या करूं? मैं मर जाऊंगी।"

"नताली! मैं तुमसे नहीं कहना चाहती कि तुमने कितना गलत काम किया है। पर कल तुम्हारे पिता आएंगे तब मैं उनसे क्या कहूंगी! तुम्हारे भाई सुनेंगे, तुम्हारे मंगेतर को मालूम होगा।" दिमित्रेवना ने कहा।

"मेरा कोई मंगेतर नहीं है। मैंने उससे इन्कार कर दिया है।"

"इससे कोई अन्तर नहीं पड़ता। जब वे सुनेंगे तो क्या चुप बैठ रहेंगे? मान लो, तुम्हारे पिता ने उत्तेजित होकर द्वन्द्व (डुएल) के लिए ललकारा तो क्या होगा?"

"आपने मेरे काम में बाधा क्यों दी? किसने आपसे कहा था?"

"तुम चाहती क्या हो? उसे यहां सीधेाने को किसने रोका था? पर यों तुम्हारा किसी जिप्सी स्त्री की तरह छिपकर भागना! और क्या इस तरह

वह तुम्हें लेकर भग जाता तो तुम्हारे पिता, तुम्हारे भाई, तुम्हारा मंगेतर उसे छोड़ देता ? वह एक लुच्चा है, बदमाश है।"

"वह तुम सबसे अच्छा है !" चीखकर नताशा ने कहा—"चली जाओ, तुम सब चली जाओ। तुम सब मुझसे घृणा करती हो।" और वह फिर सोफा पर गिर पड़ी। रोना बन्द हो गया पर उसे कंप होने लगा, जैसा फिट में होता है। दिमित्रेवना चली गई। नताशा को रात-भर नींद न आई, किन्तु सोनिया से वह एक शब्द न बोली।

दूसरे दिन बूढ़े काउंट रोस्तोव लौट आए। दिमित्रेवना एवं सोनिया ने उन्हें आघात से बचाने के लिए कुछ नहीं कहा। यही कह दिया कि नताशा बीमार हो गई है। उन्होंने रंग-ढंग से सन्देह तो किया कि कुछ गड़बड़ी ज़रूर हुई है पर चुप हो रहे। नताशा की बीमारी के कारण उनका गांव जाने का कार्यक्रम भी स्थगित हो गया।

मास्को में अपनी पत्नी के आने के बाद से ही पीरी, उससे दूर रहने के उद्देश्य से, कहीं चला जाना चाहता था। उधर नताशा ने उसपर जो छाप डाली थी उसके कारण भी वह भागना चाहता था। इसीलिए वह बाहर चला गया था। लौटने पर उसे दिमित्रेवना का पत्र मिला जिसमें उसे नताशा एवं ऐन्द्री के बारे में सलाह के लिए बुलाया गया था। पीरी नाताशा की ओर आकर्षित था इसलिए उससे दूर ही रहना चाहता था किन्तु भाग्य बार-बार उन्हें मिला देता था। जब वह दिमित्रेवना से मिला तो दिमित्रेवना बोली—"इस दुनिया में आए मुझे अट्ठावन वर्ष हो गए किन्तु ऐसा लज्जाजनक दृश्य मैंने कभी न देखा था।" इसके बाद मामले को गोपनीय रखने का वचन लेकर उसने पूरी कहानी पीरी को सुना दी। ऐन्द्री की मंगेतर, जिसे वह जी-जान से प्यार करता रहा है, नताशा, वह मनमोहिनी लड़की अनातोल जैसे आदमी के साथ भागने को तैयार हो जाएगी, यह पीरी के कयास के बाहर बात थी। फिर उसे अपनी पत्नी का ख्याल आ गया और उसने मन में कहा—'ये सब एक-सी होती हैं !' फिर बोला—"वह तो पहले ही विवाह कर चुका है !"

"वह तो अभी तक उसकी प्रतीक्षा कर रही है।" पीरी ने दिमित्रेवना ने नताशा से जाकर कहा पर उसे विश्वास नहीं हुआ। उसने पीरी को बुलाकर खुद पूछा। पीरी ने शपथपूर्वक उसे अपने साले के विवाह की कहानी सुना दी।

पीरी ने उन सब स्थानों का चक्कर लगाया जहां-जहां अनातोल जाता था। पर कहीं उससे भेंट न हुई। तब वह निराश घर लौटा। प्रवेश करते ही खिदमतगार ने कहा कि मालकिन अनातोल के साथ हैं। अनातोल अपनी बहिन से नताशा से भेंट कराने की कोई तरकीब निकालने का अनुरोध करने आया था। ड्राइंगरूम में बहुत से अतिथि जमा थे पर पीरी किसीकी ओर ध्यान न देकर सीधे अनातोल के पास गया। एलेन पीरी को देखकर उसके पास गई और बोली—"गरीब अनातोल बड़े संकट में है।" पर पीरी का चेहरा देखकर वह आगे कुछ न कह सकी। पीरी की आंखें चमक रही थीं, उसके चेहरे पर वही क्रोध और कठोरता थी जो दोलोहोव के साथ द्वन्द्व करने के बाद अपने विषय में निर्णय करते समय वह देख चुकी थी।

"जहां तुम होती, वहां पाप और बदमाशी के सिवा और क्या होगा?" पीरी ने कहा। फिर अनातोल की ओर घूमकर बोला—"मैं तुमसे कुछ बात करना चाहता हूं।" और उसका कंधा पकड़े हुए कमरे से बाहर चला गया।अपने कमरे में जाकर उसने पूछा—"तुम कुमारी रोस्तोव को ले भागना चाहते थे ?"

अनातोल ने कहा— "मैं इसका उत्तर देने के लिए बाध्य नहीं हूं।"

पीरी का चेहरा अभी तक पीला था ; अब क्रोध से लाल हो गया। उसने अनातोल की वर्दी आगे से पकड़ ली और उसे इधर-उधर ऐसा झकझोरा कि उसके होश फाख्ता हो गए। फिर बोला—"लुच्चे, बदमाश ! मन में आता है कि तुझे अभी खत्म कर दूं। तूने उससे विवाह करने का वादा किया है ?"

"मैं...मैं...मैंने यह तो नहीं सोचा, मैंने कभी वादा नहीं किया, पर..."

"तेरे पास उसके जो पत्र हों, निकालकर मेरे हवाले कर !"

भयवश अनातोल ने जेब से पॉकेट बुक के अन्दर रखा हुआ नताशा का पत्र निकालकर दे दिया।

"कल तुम्हें मास्को से चले जाना होगा। बस, एक शब्द नहीं। और किसीसे तुम्हारे और कुमारी रोस्तोव के बीच जो भी हुआ उसकी कोई चर्चा न करनी होगी। तुम्हें समझना होगा कि तुम्हारे अपने सुख के अलावा दूसरों का सुख और शान्ति भी इस दुनिया में है। दिल बहलाव के लिए तुम एक लड़की का जीवन नष्ट करना चाहते हो ? दिल बहलाना है तो मेरी पत्नी जैसी औरतों से दिल बहलाओ—तब तुम अपनी अधिकार—सीमा में रहोगे। क्योंकि वे जानती हैं कि तुम उनसे क्या चाहते हो।"

दूसरे ही दिन अनातोल पीतर्सबर्ग के लिए रवाना हो गया। उधर जब पीरी यह सब कहने दिमित्रेवना के यहां गया तो मालूम हुआ कि नताशा बहुत बीमार है। अनातोल के पूर्व विवाह की बात जानकर उसी रात उसने जहर खा लिया था पर भयवश सोनिया को बता दिया। समय पर चिकित्सा करने से वह बच गई किन्तु अभी तक बहुत दुर्बल थी। पीरी नताशा से मिले बिना लौट गया।

इसी बीच ऐन्ड्री भी मास्को आ गया था उसने अपनी मंगेतर के बारे में तरह-तरह की अफवाहें सुनीं। पीरी को बुलाकर नताशा के पत्र लौटाते हुए कहा—"इन्हें कुमारी रोस्तोव को लौटाकर कहना कि उन्हें मेरी ओर से सदा स्वतन्त्रता थी और अब भी है।" ऐन्ड्री को पीरी से ये भी मालूम हुआ कि अनातोल मास्को से चला गया है और नताशा बीमार है।

शाम को पीरी प्रिंस ऐन्ड्री की इच्छानुसार रोस्तोव परिवार से मिलने गया। काउण्ट क्लब गए हुए थे; नताशा शय्याग्रस्त थी। पीरी ने ऐन्ड्री के दिए हुए पत्र सोनिया को दे दिए। फिर दिमित्रेवना से मिलने चला गया। दस ही मिनट बाद सोनिया ने आकर कहा— "नताशा पीरी से मिलना चाहती है। कपड़ा बदलकर ड्राइंग-रूम में प्रतीक्षा कर रही है।"

पीरी गया तो वह ड्राइंग-रूम के बीच खड़ी थी। पीरी को देखकर कुछ आगे बढ़ी, फिर खड़ी हो गई। उसकी सांस ज़ोर-ज़ोर से चल रही थी। बड़ी मुश्किल से उसने कहा—"प्योत्र किर्लिश ! प्रिंस बोलकोंस्की आपके मित्र थे-वह आपके मित्र हैं।" उसने अपने वाक्य में संशोधन करते हुए कहा (उसे सभी चीज़ें अतीतकालीन-सी लग रही थीं और इस समय सब कुछ बदल गया था।)—"उन्होंने ही संकट में आपसे मिलने को कहा था..."

नताशा को देखकर पीरी का गला घुट-सा रहा था। इसके पूर्व वह अपने हृदय में उसे अपराधी मानता आया था; उसे घृणा करने की चेष्टा करता था किन्तु इस समय उसे देखकर दुख हुआ ; दोषारोपण की कोई गुंजाइश अब उसके हृदय में न रह गई।

"वे यहां हैं। उनसे कहिए मुझे क्षमा कर दें।" कहते-कहते वह और तेज़ी से सांस लेने लगी। पीरी ने कहा—"हां...मैं उनसे कहूंगा। किन्तु..." उसे समझ में न आया कि क्या कहे।

"नहीं, मैं जानती हूं कि सब समाप्त हो गया है।" नताशा ने जल्दी-जल्दी कहा—"नहीं, अब वह सम्भव नहीं। मैंने उनके प्रति जो अन्याय किया है, उसके कारण बड़ी दुखी हूं। केवल इतना ही कह दें कि मैंने जो कुछ किया है उसके लिए वे मुझे क्षमा कर दें... क्षमा कर दें।" उसका सारा शरीर कांपने लगा; वह एक कुर्सी पर बैठ गई। पीरी का हृदय असीम करुणा से भर उठा। उसने कहा—"मैं कह दूंगा परन्तु एक बात पूछना चाहता हूं। क्या तुम दुर्जन को प्रेम करती थीं?"

"उसे बुरा न कहिए।" नताशा ने कहा—"किन्तु मैं नहीं जानती, नहीं जानती..." कहते-कहते वह रो पड़ी। पीरी का हृदय करुणार्द्र हो गया, उसकी आंखें भर आईं। उसने कहा—"प्यारी नताशा ! हम लोग उस सम्बन्ध में अब कुछ बात न करेंगे।" पीरी ने ऐसा मृदु, सहानुभूतिपूर्ण वाक्य बहुत दिनों बाद सुना—"मुझे अपना मित्र समझो और कभी तुम्हें सहायता, सलाह, या मुझसे अपना हृदय खोलने की ज़रूरत पड़े—अभी नहीं जब तुम्हारा हृदय शान्त हो जाए, तो मुझे याद रखना।" उसने नताशा

का हाथ चूमते हुए कहा—"सारा जीवन तुम्हारे सामने पड़ा है। यह न कहो कि सब समाप्त हो गया, न कहो कि तुम किसी योग्य नहीं हो। यदि मैं सबसे सुन्दर, सबसे बुद्धिमान और स्वतन्त्र होता तो घुटने टेककर तुमसे तुम्हारे प्रेम की भीख मांगता और तुम्हें अपनी जीवन-संगिनी बनाने का प्रस्ताव करता।"

कई दिनों बाद, ऐसी मृदु भावना के स्पर्श से नताशा रो पड़ी। पीरी चला गया।

सात

1811 के अन्तिम भाग में सैनिक तैयारियों में तेज़ी आ गई और 1812 में पश्चिमी यूरोप की सेनाएं, लाखों की संख्या में, रूस की सीमाओं की ओर बढ़ चलीं। रूस की सेनाएं भी 1811 से ही सीमाओं पर डटी थीं। 12 जून को पश्चिमी यूरोप के सेनाओं ने सीमा पार की, और युद्ध प्रारम्भ हो गया।

पीरी से भेंट करने के बाद ऐन्द्री, काम का बहाना करके पीतर्सवर्ग चला गया। असल में उसका उद्देश्य अनातोल कुरागिन से मिलना था। पर कुरागिन वहां नहीं मिला। अपने बहनोई से यह जानकर कि ऐन्द्री उसकी खोज में है, वह डर गया था और युद्धमंत्री से कमीशन प्राप्त करके सेना में शामिल होने के लिए मोलदेविया चला गया था। पीतर्सबर्ग में ऐन्द्री की भेंट उसके पुराने सेनापति कुतूज़ोव से हुई। कुतूज़ोव सदा से ही उसे मानता था इसलिए उससे अपने साथ मोलदेविया चलने का अनुरोध किया जहां वह सेनापति नियुक्त हुआ था। ऐन्द्री सेनापति के स्टाफ में नियुक्त होकर तुर्की चला गया। वहां भी कुरागिन से उसकी भेंट नहीं हुई। वह उसके तुर्की पहुंचने के पूर्व ही रूस लौट गया था। ऐन्द्री अपने मन को बड़ा धीरज देता था कि कुरागिन इतना क्षुद्र है कि उससे द्वन्द्व करना उसके लिए शोभा की बात न होगी किन्तु वह यह भी जानता था कि सामना होने पर वह अपने को रोक न सकेगा। अपमान का

विष उसके हृदय में रम चुका था। 1812 में, जब बुखारेस्त में नेपोलियन से युद्ध होने की खबर पहुंची तो ऐन्ड्री ने कुतूज़ोव से अपने को पश्चिमी कमान में भेज देने की प्रार्थना की। कुतूज़ोव ने उसे बार्सलेद तोली के पास भेज दिया। ऐन्ड्री जून के अन्त में सेना के सदर मुकाम में पहुंचा। ज़ार खुद पहली सेना के साथ थे जो द्रिसा में किलेबन्दी किए पड़ी हुई थी। दूसरी सेना पीछे हटती हुई पहली सेना के पास पहुंचने में प्रयत्नशील थी। फ्रांसीसी सेना ने उसे पहली सेना से काट दिया था। रूसी सेना के रंग-ढंग से सभी को असन्तोष था पर कोई यह स्वप्न में भी कल्पना न कर सकता था कि शीघ्र ही रूसी प्रांतों पर हमला हो जाएगा। तोली ज़ार से लगभग तीन मील दूर ठहरा हुआ था। उसने ऐन्ड्री के प्रति बड़ा रूखा व्यवहार किया और कहा कि वह उसके बारे में ज़ार से बात करके तब कोई निश्चित काम देगा।

सारी जुलाई बूढ़े बोलकोंस्की ने अपने को बेतरह व्यस्त रखा ; वे एक नया बगीचा लगाते रहे। उनमें कई प्रकार सनकें पैदा हो गई थीं। रोज़ वे अपने सोने का स्थान बदलते रहते थे ; नींद न आती थी। मैरिया पिता के लिए बड़ी चिन्तित होने लगी थी।

पहली अगस्त को ऐन्ड्री का पत्न वाइतेब्स्क से आया। फ्रांसीसियों ने उसपर कब्ज़ा कर लिया था। ऐन्ड्री ने लिखा था कि ब्लीक हिल्स युद्ध-क्षेत्न के निकट है और शत्नु-सेना के मार्ग पर है, इसलिए वहां से सबको मास्को चले जाना चाहिए। इस पत्न का उनके दिमाग पर इतना बुरा असर पड़ा कि यह भी याद न कर पाते थे कि ऐन्ड्री ने पत्न में क्या लिखा है। वे अपने शिल्पी दिज़ैली को समझाने लगे कि युद्ध का क्षेत्न पोलैंड होगा और शत्नु नीमेन से आगे हर्गिज़ नहीं बढ़ सकता, जब कि शत्नु उसके बहुत आगे नीपर तक आ गया था।

दिज़ैली ने कहा—"किन्तु कुमार बोलकोंस्की के पत्न में तो वाइतेब्स्क..."

"प्रोह ! वह पत्न ! हां, उसने लिखा है कि फ्रांसीसी मारकर भगा दिए गए। कौन-सी नदी थी वह ?"

सब लोग चुप उनके मुंह की ओर देखते रह गए। फिर उन्होंने अपने कर्मचारी अलपातिश को अपनीवसीयत लिखने योग्य कागज़ आदि सामग्री लाने के लिए स्मोलेस्क भेज दिया। उस रात सोने की कोशिश करके भी जब नींद नहीं आई तो जैसे कुछ अज्ञात आदमियों के प्रति गुस्से से भरकर बोले—हां, तो मैं कुछ और विषय पर बात कर रहा था न ? क्या था वह ? मैरिया मूर्खतापूर्ण बातें कर रही थी ? दिज़ैली ! वह मूर्ख है। मेरे पॉकिट में कुछ था ? याद नहीं आता। तिश्का ! हम भोज के समय क्या बातें कर रहे थे ?"

"प्रिंस मिहेल..."

"रुको, रुको!" टेबल पर हाथ पीटकर काउंट ने कहा—"याद आ गया, ऐन्द्री का पत्र था। लामो तिहोन मेरी जेब से न, मैं उसे पढ़ूगा।"

पत्र आया। पढ़ते ही वे चीख पड़े—"फ्रांसीसी वाइतेब्स्क में हैं ; चार दिन बाद वे स्मोलेंस्क में पहुंच सकते हैं। शायद वे वहां पहुंच भी गए होंगे।" और उनकी आंखों के सामने उनका सारा वीर सैनिक जीवन नाच उठा। उनकी हालत देखकर मैरिया डर गई। उसने दिज़ैली की सलाह से पत्र देकर अलपातिश को ठीक सैनिक स्थिति जानने के लिए, गवर्नर के पास स्मोलेस्क भेजा। अलपातिश चार अगस्त की शाम को स्मोलेंस्क पहुंचा और जिस सराय में पिछले तीस साल से ठहरता आया था उसमें ठहर गया। सराय के पास की सड़क पर रात-भर सैनिक दलों की पदध्वनि सुनाई पड़ती रही। तड़के ही बन्दूकों की आवाज़ पाने लगी। आठ बजे से तोपों की दहाड़ भी सुनाई देने लगी। अलपातिश जहां-जाता वहीं युद्ध की बात सुनाई पड़ती। गवर्नर के यहां बड़ी भीड़ थी। वह बड़ी मुश्किल से उनके पास पहुंचा। गवर्नर ने कहा—"मुझे खुद कुछ मालूम नहीं पर जब काउंट की तबीयत ठीक नहीं है तो अच्छा होगा कि वे मास्को चले जाएं।" शहर की हालत अजीब थी। चारों ओर तहलका मचा हुआ था सामान से भरे छकड़ों की भीड़ थी। अलपातिश ने खरीदी चीज़ें लीं, भाड़ा चुकाया और अपनी गाड़ी पर बैठकर सड़क पर आ गया। दोपहरी बीत चली थी। बमबाज़ी होने लगी थी। नेपोलियन ने अपनी एक सौ तीस तोपों के

मुंह शहर की ओर कर दिए थे। पहले तो लोगों के लिए गिरने वाले गोले मनोविनोद की चीज़ मालूम पड़े। परन्तु शीघ्र ही चारों ओर हाहाकार मच गया। जगह-जगह आग लग गई। आग और धुआं। बच्चे और स्त्रियां भय से रोने-चीखने लगे। अलपातिश जाकर तहखाने में छिप गया। सांध्यगगन धुएं से भरा हा था। तोपों की दहाड़ बन्द हो चुकी थी। मालूम हुआ कि नगर ने घुटने टेक दिए हैं। लोग भाग रहे थे। लौटते सैनिकों की कतार से रास्ता चलना मुश्किल था। एक चलते मकान के पास भीड़ लगी हुई थी। सहसा अलपातिश के कान में एक परिचित आवाज़ आई। उसने घूमकर देखा—"हे ईश्वर ! आप कहां हुज़ूर !" अपने तरुण स्वामी को पहचानकर वह बोला। प्रिंस ऐन्द्री एक सैनिक अफसर की पोशाक में घोड़े पर सवार खड़े थे। उन्होंने पूछा— "तुम यहां कैसे ?" अलपातिश ने सब हाल कहा। ऐन्द्री ने अपनी नोट-बुक निकाली और उससे एक पन्ना फाड़कर उसपर जल्दी-जल्दी अपनी बहन को लिखा—"स्मोलेंस्क ने घुटने टेक दिए हैं। एक सप्ताह के अन्दर ब्लीक हिल्स पर शत्रु का कब्ज़ा हो जाएगा। तुरन्त मास्को के लिए रवाना हो जाओ और मुझे खबर दो।" पत्र देकर अलपातिश से कहा—"मैं दस दिनांक तक उत्तर का इन्तज़ार करूंगा। यदि तब भी जवाब न मिला तो मुझे सब कुछ छोड़कर खुद आना पड़ेगा।" यह भी समझा दिया कि खबर कहां किस तरह देनी होगी। फिर घोड़े को ऐड़ लगाई और तेजी से चले गए।

रूसी सेनाएं स्मोलेंस्क से पीछे हटती जा रही थीं और शत्रु उनका पीछा करता बढ़ता आ रहा था। जिस सैनिक दल के नायक ऐन्द्री थे, वह दस अगस्त को इस स्थान पर पहुंच गया, जहां से ब्लीक हिल्स कोरास्ता फूटा था। तीन हफ्ते से पानी न बरसा था और भयंकर गर्मी से अन्न की बालियां झुलस-सी गई थीं। बलुई धूल में पांव जले जाते थे। दम घुटता था, लोग नाक-मुंह पर रूमाल डाले किसी तरह चले जा रहे थे। गांव आने पर लोग जलाशय की ओर दौड़ते थे और कीचड़-भरा पानी तक पी जाते थे।

ऐन्द्री अपने सैनिकों पर जान देते थे। वे भी अपने नायक को बहुत चाहते थे। ऐन्द्री स्मोलेंस्क के पतन के बाद बड़े निराश हो गए थे। उनका मत था कि स्मोलेंस्क की रक्षा की जा सकती थी, और की जानी चाहिए थी। पर उसे छः अगस्त को छोड़ दिया गया और उनकी सूचना के अनुसार उसके बूढ़े पिता को अपना प्रिय ब्लीक हिल्स छोड़कर मास्को भाग जाना पड़ा-ब्लीक हिल्स जिसे उन्होंने अपने जीवन-भर के परिश्रम से बनाया था और जिसमें किसानों के साथ वे रहते थे। एकाएक वहां की सम्पूर्ण स्मृतियां उनमें जग पड़ीं। वहीं उनका जन्म हुआ था, वहीं वे खेले-खाए बड़े हुए थे। उन्होंने एक बार ब्लीक हिल्स जाकर वहां की अवस्था देखने का निश्चय किया और घोड़े पर चल पड़े। वहां पहुंचकर देखा कि जैसे वह सारी बस्ती विधवा हो गई हो। सरोवर पर, जहां औरतों की भीड़ लगी रहतीथी, कोई न था। उसका जगत तोड़ दिया गया था। फाटक पर कोई नहीं था। बगीचेकी सड़क घास-पात से भर गई थी। खिड़कियों के शीशे टूटे हुए थे। अलपातिश अकेले अन्दर बैठा मिला। ऐन्द्री को देखते ही वह फूट-फूटकर रोने लगा। ऐन्द्री ने पूछा—"शत्रु द्वारा अधिकृत होने के बाद भी क्या तुम यहां रहोगे?" उसने आकाश की ओर संकेत करते हुए कहा—"वही मेरा रक्षक है।" पर ऐन्द्री ने उससे कहा"—यहां से जाओ। जो ले जा सको, ले जाओ। किसानों से मेरी रयाज़ां ज़मींदारी में या मास्को जाने को कह दो।" और घोड़ा दौड़ाते वे चले गए।

परन्तु ऐन्द्री ने जो समझा था उसके अनुसार प्रिंसेज़ मैरिया तथा उसके पिता तब तक मास्को न पहुंच पाए थे। अलपातिश के लौटने के बाद बूढ़े बोलकोंस्की जैसे स्वप्न से जग पड़े। उन्होंने सब किसानों का एक सैनिक दल बनाया और प्रधान सेनापति को लिख दिया कि मैं ब्लीक हिल्स में ही रहकर अन्त तक लड़ूगा। उनकी मानसिक स्थिति इतनी बिगड़ गई थी कि वह बात-बात में मैरिया को जली-कटी सुनाने लगे और यहां तक कह दिया कि वह उसे मुंह न दिखाए क्योंकि उसीके कारण उसका पुत्र उससे बिछुड़ गया है। उन्होंने उससे चले जाने को कहा। पर मैरिया ने उनकी मानसिक स्थिति के कारण इन बातों को हंसते-हंसते सह लिया। एक दिन उन्होंने

अपने प्रधान सेनापति की पुरानी वर्दी पहनी, सब तमगे लगाए और स्वयं-निर्मित सैन्यदल का निरीक्षण कर रहे थे कि ऊपर लकवे का आक्रमण हुआ। वे कुछ बोलना चाहते, पर बोल न पाते थे—मुंह से कुछ अस्पष्ट ध्वनि निकलकर रह जाती थी। कई दिनों तक उनकी यही अवस्था रही। उधर खतरा बढ़ता जाता था। इसलिए ऐसी अवस्था में उन्हें किसी तरह बोगुतचार्वो ले जाया गया। वहीं 15 अगस्त को उनकी मृत्यु, हो गई। मृत्यु के पहले ज़बान साफ हो गई थी। उन्होंने मैरिया से सबका हाल-चाल पूछा और कहा—"रूस नष्ट हो गया। लोगों ने उसे खो दिया !" जैसे मातृभूमि की पराजय एवं अपमान की वेदना से उनके प्राण छटपटा रहे थे। अन्त में उन्होंने उसी वेदना में आंखें मूंद लों। मैरिया पागल की तरह फूट-फूटकर रोई। उसके जीवन में पिता ही व्याप्त थे—वह उनके तीव्र अनुशासन में पली थी। आज सबका अन्त हो गया।

बोगुतचार्वो की स्थिति भी खराब हो चली थी। वहां की किसान प्रजा खुद फ्रांसीसी विद्रोहियों से साठ-गांठ कर रही थी। 16 अगस्त को उनसे बार-बार सवारी मांगी गई पर उन्होंने न दी। ब्लीक हिल्स से जो घोडागाड़ी आई थो उसी में 17 अगस्त को मैरिया, भांजे के साथ बैठी एवं अन्य ज़रूरी सामान लादा गया, परन्तु भय था कि इन्हें भी वे लोग जाने न देंगे। संयोग से उस दिन निकोलाय रोस्तोव तथा लवरुश्का नामक एक अश्वारोही हसार उधर आ गए। उन्होंने विद्रोहियों को डांटकर किसी तरह इन लोगों को रवाना किया—बल्कि रोस्तोव ने स्वयं साथ जाकर इन लोगों को सुरक्षित स्थान तक पहुंचा दिया। मैरिया उसकी शालीनता, शिष्ट व्यवहार एवं नम्रता पर मुग्ध हो गई। उधर रोस्तोव पर भी मैरिया की कुलीनता, शिष्टता एवं सौन्दर्य का बड़ा प्रभाव पड़ा। विदा होकर चले आने पर भी उसकी आंखों में मैरिया नाचती ही न रही, बल्कि हृदय में उतर गई।

सेना का प्रधान बनते ही कुतूज़ोव ने ऐन्द्री को बुलवा भेजा। जब ऐन्द्री सदर मुकाम पर पहुंचा तो कुतूज़ोव थोड़ी ही दूर पर सेना का निरीक्षण कर

रहा था। वहीं उसकी भेंट लेफ्टिनेंट कर्नल देनीज़ोव से हुई। देनीज़ोव रूसी सेना की पराजयों से बड़ा दुखी था। उसका कहना था कि नेपोलियन की सेनाओं को बीच-बीच में छापा मारकर हमें काट देना चाहिए और उसकी रसद-रेखा भंग कर देनी चाहिए। 500 जवानों को लेकर वह खुद यह काम करने को तैयार था। लौटने पर कुतूज़ोव ने ऐन्द्री का स्वागत किया और जब उसे मालूम हुआ कि उसके पिता मर गए तो आंखों में आंसू भरकर उसे गले लगा लिया, बहुत सहानुभूति प्रकट की और कहा कि आज से मैं तुम्हारा अधिकारी नहीं, पिता हूं।" कुतूज़ोव ने ऐन्द्री को अपने स्टाफ में रखना चाहा किन्तु ऐन्द्री ने अपने रेजीमेंट के नायक के रूप में बने रहना ही ज़्यादा पसन्द किया। कुतूज़ोव ने खुशी-खुशी उसकी बात मान ली और उसे आशीर्वाद देकर विदा किया।

बूंदाबांदी के बाद 24 तारीख का दिन साफ हो गया। भोजन करके पीरी मास्को से निकल पड़ा। रात में पर्हुसकोवो में घोड़े बदलकर आगे बढ़ता गया। पर्हुसकोवो में उसे मालूम पड़ा कि उसी शाम वहां एक बड़ा युद्ध हो चुका है—तोपों की गरज एवं मार से धरती थर्रा उठी थी। यह पता नहीं चला कि इसमें हार हुई या जीत। सुबह होते-होते वह मोज़हायस्क पहुंच गया। वहां की सराय और सारे मकान सैनिकों से भरे हुए थे। वह आगे बढ़ता गया। मोज़हायस्क के आगे भी कहीं सेनाएं पड़ाव डाले पड़ी थीं। 24 को शेवारदिनो में युद्ध हो चुका था। 25 को शांति रही। फिर 26 को वोरोदिनो में युद्ध शुरू हो गया। एक अफसर की कृपा से पीरी ने अपनी और शत्रु-सेनाओं की स्थिति की जानकारी प्राप्त की। इसी समय भीड़ में उसकी भेंट बोरिस द्रूवेस्की से हो गई। पीरी ने बोरिस से यद्ध में भाग लेने और सैनिक स्थिति की अधिक जानकारी प्राप्त करने की इच्छा प्रकट की। उसने बोलकोंस्की की रेजीमेंट की स्थिति भी पूछी। बोरिस ने कहा कि हम उधर ही जा रहे हैं, मेरे साथ चलो।"

एक जगह कुतूज़ोव से भेंट हुई। बोरिस ने सूचना दी कि किसान सैन्यदल ने सफेद वस्त्र पहन लिए हैं जिसका अर्थ है कि कल वे मृत्यु

का आलिंगन करेंगे। कुतूज़ोव ने विह्वल होकर कहा—"आह ! अद्भुत, असाधारण लोग हैं वे ! असाधारण लोग।" और गौरव-बोध से उसकी आंखें मुंद गईं। पीरी कुतूज़ोव एवं काउंट बेनिगसेन इत्यादि के साथ घूम-घूमकर अपनी सेनाओं की स्थिति का निरीक्षण करने लगा।

उसी रात प्रिंस ऐन्ड्री अपनी रेजीमेंट के पड़ाव के सिरे पर गांव के एक टूटे-फूटे धान्य भंडार में कैंप डाले पड़ा था। एकान्त के कारण उसके मन में अनेक प्रकार के विचार उठ रहे थे। उसे अपना जीवन बोझीला और निरर्थक अनुभव हो रहा था। सात वर्ष पूर्व प्रास्तरलिट्ज़ के युद्ध के समय उसके मन में जो विचार उठे थे वैसे ही आज भी उठ रहे थे। अगले दिन के युद्ध के विषय में उसे जो आदेश देना था, दे चुका था। इस समय उसे और कुछ करना नहीं था, किन्तु विचारों से उसे मुक्ति नहीं मिल रही थी। वह जानता था कि कल भीषण युद्ध होगा। इस समय मृत्यु मानो उसके सामने खड़ी थी। उसे अपना सारा जीवन जादू के लैंप की तरह लग रहा था। उसके सामने अपने पूर्व जीवन के चित्र नाचने लगे। वह सोचने लगा—'यश, उत्तम समाज, एक औरत का प्रेम, पितृभूमि ! इन सबमें कितना रस, कितना गूढ़ार्थ भरा लगता था और आज सब रंगहीन, नीरस हो गया है।' जीवन के तीन प्रधान संकटों की ओर उसका ध्यान गया। एक स्त्री से प्रेम, पिता की मृत्यु और इन फ्रांसीसियों का आक्रमण, जिन्होंने प्राधे रूस पर कब्ज़ा कर लिया है। 'प्रेम !..वह छोटी लड़की, जो रहस्यमयी शक्तियों से पूर्ण लगती थी ! मैंने उसे कितनी गहराई से प्यार किया था ! मैं उसके साथ प्रेम और सुख के सपनों में खो गया था ! अरे सरलहृदय मूढ़ युवक ! तूने आदर्श प्रेम की कल्पना में सोच लिया कि मेरी अनुपस्थिति में वह साल-भर तक निष्ठावान बनी रहेगी ! मेरे लिए रोती रहेगी ! हिश ! कैसी मूढ़ता की कल्पना थी! फिर मेरे पिता ! उन्होंने ब्लीक हिल्स का निर्माण किया—अपना जीवन लगाकर उसे बनाया। किन्तु नियति की आंधी-सा नेपोलियन आया और अपने मार्ग में पड़े कंकर की भांति उसे उठाकर फेंक दिया। ब्लीक हिल्स ध्वस्त हो गया। मैरिया कहती

है कि ईश्वर हमारी परीक्षा ले रहे हैं ? किसकी परीक्षा ? कैसी परीक्षा ? पितृभूमि का नाश, मास्को का पतन ! यह परीक्षा है ! कल मैं मारा जाऊंगा, सम्भव है अपने ही किसी साथी सैनिक को गोली से मेरी मृत्यु हो जाए। और फ्रांसीसी आएंगे, एक गड्ढे के नीचे मुझे दफना देंगे कि मेरे शव से बदबू निकलकर उनका दिमाग खराब न करे। नई स्थितियां पैदा होंगी, जीवन नये-नये रूप लेगा, पर मुझे उनका कुछ ज्ञान नहीं होगा, मेरा तो विनाश हो जाएगा। हां, तो कल मेरा अन्त हो जाने दो।' और उसके आस-पास की सब वस्तुओं पर मानो मरण का अंधकार छा गया। ऊपर से नीचे तक उसे कंपकंपी छूट गई। वह उठकर टहलने लगा। इसी समय उसके पास कुछ अफसर सलाह के लिए आ गए। उनके पीछे-पीछे आता एक आदमी ठोकर खाकर गिर पड़ा। ऐन्द्री ने पहचान लिया कि पीरी है। उसने बातचीत के सिलसिले में पीरी से कहा—"फ्रांसीसियों ने हमारा घर उजाड़ दिया है। वे हर घड़ी हमारा अपमान कर रहे हैं। मेरे शत्रु हैं। वे इस समय मेरे विचार से अपराधी हैं। सब लोग यही सोचते हैं। उनको मौत के घाट उतारना ही होगा।"

"हां हां ! मैं तुमसे पूर्णतः सहमत हूं।" पीरी ने कहा। वह इस समय युद्ध की सहज गम्भीरता की कल्पना करने लगा था। वह देखता था कि सब लोग किस प्रकार सहज भाव से देशप्रेम की छिपी आग के आवाहन में मृत्यु की तैयारी कर रहे हैं। ऐन्द्री ने कहा—"हमें सैनिकों को बन्दी बनाने की प्रथा का त्याग कर देना चाहिए। इससे युद्ध की निर्दयता कम हो जाएगी। पर युद्ध में उदारता की बातें करना वैसा ही है जैसा एक बकरी के बच्चे का कत्ल देखकर उस दयालु, करुणापूर्ण औरत का चीख उठना कि मैं खून नहीं देख सकती पर जो उसका मांस टेबल पर बड़ी रुचि और स्वाद के साथ खाती है। लोग युद्ध-नियमों की,वीर भावना की, संधि-पताकाओं की, घायलों के प्रति मानवता की बातें करते हैं। वह सब मिथ्या है, सब वाहियात है। असल बात यह है कि हम एक-दूसरे को धोखा देते हैं ; वे दूसरों के घरों में आग लगा देते हैं, उन्हें लूट लेते हैं, मिथ्या सिक्के चलाते हैं, मेरे बच्चों को, मेरे माता-पिता

को मार डालते हैं; तब युद्ध-नियमों की और गिरे हुए शत्रु के प्रति उदारता-प्रदर्शन की बात करते हैं। बस मौत दो और लो—और कुछ नहीं। उत्तेजित होकर ऐन्ड्री टहलने लगा। फिर गला साफ करके बोला—"यदि युद्ध में उदार भावनाओं का मज़ाक न किया जाए तो हम मृत्यु का आलिंगन करने के सिवा और किसी भावना से युद्ध में न जाएंगे। तब हम इसलिए युद्ध में न जाएंगे कि फलां ने फलां का अपमान कर दिया है। युद्ध को वास्तव में युद्ध होने दो, तब युद्ध की भीषणता कुछ दूसरे ही रूप में प्रकट होगी। तब जिन लोगों को नेपोलियन हमारे साथ लड़ने को जुटा लाया है वे बिना यह जाने कि आखिर हम युद्ध में किसलिए जा रहे हैं, लड़ने न आते। इसी तरह हम आस्ट्रिया और प्रशा से न लड़ पड़ते।युद्ध मनोविनोद नहीं है बल्कि जीवन में भीषणतम वस्तु है। इसे समझ लेते तो हम खेल के लिए युद्ध न करते। सब मिथ्या बातों को दूर कर दो। यदि यह युद्ध है तो बस युद्ध है, कोई मनबहलाव का खेल नहीं। यदि ऐसा नहीं होता तो युद्ध बेकारों के समय काटने का मनोविनोद-मात्र रह जाता है ? सैनिक सेवा को बड़ा ही सम्मानजनक समझा जाता है, पर सैनिक जगत के नैतिक मान क्या हैं ? युद्ध का उद्देश्य हत्या है और युद्ध में क्या साधन काम में लाए जाते हैं ? जासूसी, छल, किसी देश का विनाश, उसके निवासियों की लट, सेना के लिए डाकेज़नी, धोखा, झूठ—जिसे सैनिक कौशल कहा जाता है। सैनिक जगत के नैतिक मान क्या हैं ? सब प्रकार की स्वतन्त्रता का विनाश जिसे अनुशासन के नाम से पुकारा जाता है ; बेकारी, अज्ञान, निर्दयता, लफंगई और मदिरा-पान की उन्मत्तता। इतने पर भी वह सबसे ऊंचा सामाजिक वर्ग है जिसका सम्मान सब करते हैं। उसे ऊंचा से ऊंचा पारितोषक प्रदान करते हैं जो सबसे ज़्यादा आदमियों को मारने में सफल होता है। वे एक-दूसरे से केवल हत्या करने के लिए भेंट करते हैं, वे हज़ारों-लाखों को कत्ल कर देते और उससे भी अधिक को पंगु, बेकार बना देते हैं और तब उनका स्वागत करते हैं जो अधिकाधिक आदमियों को कत्ल कर चुके हैं ; जितने ही ज़्यादा आदमी वे मार सकते हैं उतनी ही बड़ी उनकी सफलता और योग्यता आंकी जाती है।

आह ! मेरा इधर का जीवन बड़ा दुखदायी रहा है और मैं जरूरत से ज़्यादा विचार करने लगा हूं। सदसद विवेक-वृक्ष के फल का बहुत ज़्यादा स्वाद लेना मनुष्य के लिए ठीक नहीं है...परन्तु पीरी तुम्हें नींद आ रही है। जल्दी गोर्की लौट जाओ। युद्ध के पूर्व अच्छी नींद ले लेना ठीक रहता है। अच्छा, नमस्कार।" पीरी चला गया।

पीरी के जाने पर ऐन्द्री ने सोने की चेष्टा की पर नींद नहीं आई। उसके सामने पीतर्सबर्ग की वह संध्या आकर खड़ी हो गई जिसमें उसने नताशा को अपने इतना निकट पाया था और उसको प्राणों से, आत्मा की गहराई में प्यार किया था। 'मैंने उसे किस गहराई से प्यार किया ?' फिर उसको याद आ गया कि किस तरह उसके प्रेम का अन्त हो गया। उसने तो उसकी आत्मा के दर्शन भी नहीं किए, उससे स्थायी मिलन का स्वप्न वह देख ही नहीं सकता। और वह अब भी जीता है, सुखी है ! वह उछल पड़ा, जैसे किसीने उसको अपमानजनक चुनौती दी हो।

दूसरे दिन सुबह साईस ने पीरी को जगाया तब झोंपड़ी में कोई नहीं था, सब चले गए थे ; तोपों की आवाज़ सुनाई पड़ रही थी। उसने जल्दी से मुंह-हाथ धोकर कपड़े पहने और युद्ध-भूमि की ओर दौड़ गया। धीरे-धीरे तोपों की दहाड़, बन्दूकों की मार सारे युद्ध-क्षेत्र में सुनाई देने लगी। आकाश धुएं से भर गया। भयंकर मार-काट आरम्भ हो गई। लाश पर लाश बिछने लगी। चीत्कार, हाहाकार, ललकार और आर्तनाद से एक अद्भुत वातावरण छा गया। दस बजे तक कितने ही तोपची धराशायी हो गए; कई तोपें बेकार हो गईं। किसीका हाथ उड़ गया, किसीका सिर दूर जा गिरा, कोई कराहकर लोट गया, किसीके मुंह से उफ तक न निकली। लोग गिरते थे, मरते थे किन्तु सेना पर उसका कोई असर न पड़ता था। एक अद्भुत भावावेश से लोग मर गए थे ; जैसे मृत्यु मृत्यु न रह गई थी। पहले दिन के युद्ध में काफी रूसी मारे गए किन्तु कोई अपने स्थान से नहीं हटा। कुतूज़ोव ने सेना को बधाई दी और अगले दिन फ्रांसीसियों पर आक्रमण करने की आज्ञा निकाली। इससे भूखी प्यासी, अत्यधिक

मृत्यु से संख्या में कम हो गई रूसी सेना उत्साह से भर गई। दूसरे दिन भयानक युद्ध हुआ। लोग मातृ-भूमि के लिए जी तोड़कर लड़े। इस युद्ध में ऐन्द्री और कुरागिन दोनों बुरी तरह घायल हुए।ऐन्द्री के पेट का आधा हिस्सा उड़ गया था और अंतड़ियां खंडित हो गई थीं, पर ज्योंही वे होश में आए और उन्होंने पास ही अनातोल कुरागिन को देखा तो रो पड़े। इस समय उनका हृदय सबके प्रति प्रेम और करुणा से भर गया था उनके मुंह से शब्द निकले—“हमारे बंधुओं के लिए जो हमें प्यार करते हैं हमारा प्यार है ; जो हमें घृणा करते हैं उनके लिए प्यार है, जो हमारे शत्रु हैं उनके लिए भी प्यार है।”

मृत्यु और विनाश के इस भयंकर दृश्य ने नेपोलियन को भी क्षण-भर के लिए विचलित कर दिया। उसमें मास्को-विजय की आकांक्षा शिथिल पड़ने लगी थी। निजी मानवीय भावना उभर आई उसे इस समय केवल शान्ति, विश्राम और स्वतंत्रता की आवश्यकता का अनुभव होने लगा; किन्तु जब नायकों ने तोपखाने में वृद्धि करने का प्रस्ताव किया, ताकि रूसियों पर और तेज़ी से गोलाबारी की जा सके, तो नेपोलियन ने उसके लिए स्वीकृति दे दी।

हज़ारों आदमी इस लड़ाई में काम आए। जहां वोरोदिनो, गोर्की आदि के किसान सैकड़ों वर्ष से मनुष्य को जीवन देने वाली कृषि की हरियाली उगाते आए थे वहां की धरती खून से तर हो रही थी। एम्बुलेंस स्टेशनों के इर्द-गिर्द दूर तक घास खून में डूबी हुई थी। पर बचे हुए, भूख-प्यास से प्रताड़ित सैनिक अब भी अपने-अपने स्थान पर डटे थे। इस समय वर्षा होने लगी थी। मृतक, घायल, भयभीत, थके सैनिकों के चेहरे कह रहे थे—‘बस बहुत हो चुका। अब यह हत्या बन्द करो।’ दोनों पक्षों के आदमी भूख एवं थकावट से चूर मन में पूछते थे कि क्या अब भी हम एक-दूसरे को कत्ल करते जाएं ? किसके लिए हम मार रहे हैं या मर रहे हैं ? ...शाम तक यह भावना सबमें इस प्रकार दृढ़ हो गई कि किसी भी

क्षण वे शस्त्र फेंककर भाग खड़े हो सकते थे। इस भावना के बावजूद कोई अज्ञेय शक्ति उनको संचालित करती रही और वे मानव-मांस के विनाश का खेल खेलते रहे।

आठ

2 सितम्बर को शत्रु ने मास्को नगर में प्रवेश किया। 1 सितम्बर तक रोस्तोव परिवार वहां बना रहा। 28 अगस्त तक काउंट ने इसकी ओर ध्यान ही न दिया था कि उन्हें मास्को छोड़कर जाना होगा। 28 से 31 अगस्त तक नगर में चारों ओर कोलाहल मचा हुआ था। हज़ारों धायल प्रति दिन वोरोदिनो से लाए जा रहे थे। उधर छकड़ों, घोड़ागाड़ियों, ठेलों पर सामान लादे लोग भाग रहे थे। कौन कहां जा रहा है, इसका कोई निश्चय नहीं। लोगों में भय की भावना थी कि कोई भयंकर परिवर्तन होने वाला है, फिर भी फांसी की सज़ा पाए व्यक्ति की भांति, जो जानता है कि थोड़ी देर में उसके जीवन का अन्त हो जाएगा किन्तु सामान्य कार्य करता जाता है, मास्को अपने दैनिक कार्यों में तल्लीन था। काउंट रोस्तोव ने पाखीर में बड़ी मुश्किल से दर्जनों छकड़ा गाड़ियां, ज़्यादा धन देकर, एकत्र की। उनपर जो सामान लादा जा सका, लादा गया।

काउंट घूम-फिरकर सामान लदे छकड़ों को देख रहे थे कि कुछ घायलों ने उनसे साथ ले चलने की प्रार्थना की। काउंट का दयालु हृदय इन्कार न कर सका। दो छकड़े खाली कर दिए गए। पर कराहते घायल सैनिक एक के बाद दूसरे आ-आकर खड़े होने लगे। बड़ा ही हृदयद्रावक दृश्य था। पितृ-भमि की रक्षा के लिए अंग-भंग कराने वाले इन सैनिकों की प्रार्थना बूढ़े काउंट कैसे अस्वीकार कर देते ? परिणाम यह हुआ कि सामान उतरता गया और छकड़े सैनिकों के लिए खाली होते गए। केवल तीन-चार गाड़ियों में बहुत ही ज़रूरी सामान तथा रोस्तोव परिवार के लोग बैठे, शेष सैनिकों के लिए दे दी गईं।

दो बजे दिन तक रोस्तोव-परिवार की चार गाड़ियां सड़क पर आकर खड़ी हो गईं। बीमारों को स्ट्रेचर पर लादकर छकड़ों पर सुलाया या रखा जा रहा था। आगे की कोच पर घायल ऐन्ड्री को भी ले जाया जा रहा था, डाक्टर के मतानुसार उनके बचने की कोई आशा नहीं थी। एकाएक सोनिया का ध्यान उधर गया। उसने जाकर काउंट से कहा—"मां ! घायलों में प्रिंस ऐन्ड्री भी हैं। हमारे साथ जा रहे हैं। वे मरणप्राय दशा में हैं।"

"तुम कहती हो कि वे मर रहे हैं ?"

सोनिया ने सिर हिलाया। काउंटेस ने सोनिया को गोद में भर लिया और रो पड़ीं। बोलीं—"प्रभु की इच्छा !" इसी समय नताशा ने आकर पूछा—"यह सब क्या हो रहा है ? तुम लोग तैयार हो, या नहीं ?" सोनिया ने नताशा का आलिंगन कर लिया ; काउंटेस ने मुंह फेरकर अपने आंसू छिपा लिए। नताशा ने पूछा—"बात क्या है ? क्या मेरे सम्बन्ध में कोई बुरा समाचार है ?" सोनिया कुछ नहीं बोली। किसी तरह लोग बाहर आए; अपनी-अपनी जगह बैठे और कारवां रवाना हुआ।

ज्यों ही यह दल सुहारेव टावर के पास से घूमा, नताशा भीड़ की ओर देखकर बोल उठी—"हे ईश्वर ! मां, सोनिया ! वह देखो बेजूहोव!" पीरी बेजुहोव साईस के कपड़े पहने थोड़ी दूर पर चला जा रहा था। पास पहुंचते ही नताशा ने ज़ोर से पुकारकर कहा—"पायोत्र किरिलिश ! मैं पहचान गई। आपने यह क्या वेश बना रखा है ?" पीरी ने उसके बढ़े हुए हाथों को पकड़ लिया और कुछ दूर तक चलती गाड़ी के साथ दौड़ता गया। बोला—"कारण न पूछो।" नताशा बोली—"क्या आप मास्को में रह रहे हैं ?" पीरी बोला—"मास्को ? हां, नमस्कार।" नताशा ने कहा—"अहा ! मैं भी पुरुष होती तो कैसा अच्छा होता। मैं भी आपके साथ यहां ठहर जाती। मां मुझे यहां ठहरने दो।" फिर पीरी से पूछा—"मुझे मालूम हुआ है कि आप लड़ाई में गए थे।" पीरी ने कहा—"हां, कल फिर लड़ाई होगी।" नताशा ने पूछा—पर मामला क्या है ? आप इस तरह के तो नहीं थे ?"

"मुझसे मत पूछो, मत पूछो...कल...अच्छा नमस्कार।" और वह चला गया।

पहली सितम्बर की रात को कुतूज़ोव ने रूसी सेना को पीछे हट जाने का आदेश दिया। दो सितम्बर के दस बजे दिन तक सारी सेना मास्को के बाहर हट गई। दिन बड़ा सुहावना था। पोकलोनी हिल सेनेपोलियन नगर का दृश्य देख रहा था। अपनी नदी, अपने बाग-बगीचों, अपने गिरजाघरों के साथ वह बड़ा सुन्दर लग रहा था—जैसे उसका अपना एक जीवन हो।नेपोलियन में उसके प्रति एक रहस्यमय उत्सुकता जागरित हो उठी। उसने देखा सम्पूर्ण नगर जीवन-धारा से ओतप्रोत है। जैसे एक महत् सुन्दर आत्मा प्रश्वास ले रही हो। प्रत्येक रूसी मास्को को निहारते हुए अनुभव करता है कि वह मातृदर्शन कर रहा है, और विदेशी जो उसके मातृत्व का अनुभव नहीं करते उसकी स्त्रियोपम प्रकृति का दर्शन करते हैं। नेपोलियन ने भी इसे अनुभव किया। उसने सोचा—'शत्रु द्वारा अधिकृत नगर उस कन्या के समान है जिसकी इज्ज़त लुट चुकी हो।' इस दृष्टि से वह पहली बार उसके प्राच्य सौन्दर्य को देखने लगा। जो इच्छा इतने दिनों से असम्भव लग रही थी वह आज पूरी हो गई है। 'यह राजधानी मेरे पांव के नीचे पड़ी है ? अलेक्ज़ेन्द्र (ज़ार) आज कहां है ? एक अद्भुत, सुन्दर नगर है यह ! मेरे एक शब्द, मेरे ज़रा से कर-कंपन से यह नष्ट हो जाएगा। पर मैं उसका ध्वंस न करूंगा। बर्बरता और निरंकुशता के पुराने स्मारकों पर मैं न्याय और दया के महत् शब्द अंकित कर जाऊंगा...इसकी तीक्ष्णता को अलेक्ज़ेंद्र और ज़्यादा अनुभव करेगा...मैं उसे जानता हूं। क्रेमलिन की ऊंचाइयों से मैं उनपर न्याय के कानून लागू करूंगा ; मैं उन्हें सच्ची सभ्यता का अर्थ बताऊंगा। मैं उनकी पीढ़ियों के हृदय में विजेता के प्रेम-चिह्न अंकित कर दूंगा। मैं प्रजा के प्रतिनिधि-मण्डल से कहूंगा कि मैं लड़ाई नहीं चाहता, मैं केवल शासन की प्रवंचनापूर्ण नीति के विरोध में लड़ता रहा हूं; वैसे मैं अलेक्ज़ेंद्र का सम्मान करता हूं, उसे प्यार करता हूं। मैं अपने और अपने देश के

सम्मान के योग्य शान्ति को स्वीकार कर लूंगा। मैं अपनी विजय का लाभ उठाकर यहां की जनता एवं उनके सम्राट का अपमान नहीं करूंगा। मैं युद्ध नहीं चाहता, अपनी समस्त प्रजा का हित चाहता हूं।' उसने मन-ही-मन वह भाषण तैयार कर लिया जो वह प्रजा के प्रतिनिधि-मण्डल के सामने करेगा। परन्तु उसकी प्रतीक्षा बेकार हुई। सूचना मिली कि मास्को खाली हो गया है। उसे तोप की आवाज़ सुनाई दी। वह समझ गया कि आक्रमणकारी सेना मास्को में प्रवेश कर रही है। नेपोलियन घोड़े पर सवार होकर दोरोगोमिलेव दरवाज़े तक गया किन्तु वहां भी कोई प्रतिनिधिमण्डल नहीं मिला। वहां भी उसे यही मालूम हुआ कि लगभग पूरा मास्को सूना हो गया है। 'कैसी अविश्वनीय बात है!' वह शहर में न जाकर उस नगर की एक सराय में रात-भर के लिए ठहर गया।

चार बजे फ्रांसीसी सेना ने मास्को में प्रवेश किया। यद्यपि सेनापति का सख्त आदेश था कि कोई निवासियों पर किसी प्रकार का अत्याचार न करे, परन्तु चारों ओर लूट मचगई। जहां देखो, आग लगी हुई है। फ्रांसीसियों ने अग्निकाण्ड की ज़िम्मेदारी रूसी गवर्नर रास्तोपातशिन पर डाल दी और रूसियों ने कहा कि इसके लिए फ्रांसीसी बर्बरता ही ज़िम्मेदार है। पर इसकी ज़िम्मेदारी वस्तुतः उसे असहाय छोड़कर भाग जाने वाले रूसियों की है।

फ्रांसीसियों ने मास्को में प्रवेश किया तो चारों ओर फैलने लगे। दो सितम्बर की शाम तक वे उस भाग में पहुंचे जहां पीरी ठहरा हुआ था। दो दिनों तक एकान्त तथा विशेष परिस्थितियों में रहने के कारण पीरी पागल जैसा हो रहा था। जब मास्को को रूसियों ने त्याग दिया और चारों ओर लूट एवं आगज़नी का बाज़ार गर्म हो गया तो उसने सोचा कि बस एक आदमी—नेपोलियन—इन सब के लिए जिम्मेदार है। वह मास्को में रहेगा, नेपोलियन से मिलेगा और उसकी हत्या करके रहेगा। या तो वह खुद मिट जाएगा या समस्त यूरोप के इस संकट को दूर करेगा। 1809 में विएना में एक जर्मन छात्र ने नेपोलियन को किस प्रकार मारने की कोशिश की थी,

यह सब उसे मालूम था। वह छात्र पकड़ा गया और उसे गोली मार दी गई, यह भी उसे ज्ञात था। पर इस समय लोगों के कष्ट को दूर करने के लिए वह कोई त्याग करने, कोई भी सज़ा भुगतने को तैयार था। जिसे संसार के लोग सर्वोत्तम समझकर स्पृहा करते हैं उनके प्रति विरक्ति एवं कोई न कोई त्याग करने—इन दो भावनाओं का उसके मन पर शासन था। उसकी शारीरिक दुर्दशा भी उसकी नैतिक चिंतना के ही अनुकूल थी। वह जीवन में ऐश्वर्य एवं विलास का अभ्यस्त था; पर इधर न भोजन, न बढ़िया मदिरा, न सिगार, न कपड़े—उसे कुछ भी प्राप्त न थे। बिना बिछौने के छोटी-सी चौकी पर वह सोता था। इन सब बातों के कारण उसकी शिराओं में बड़ा तनाव था और एक विचित्र पागलपन उसपर छा रहा था।

उसने एक पिस्तौल और एक कटार ली। उन्हें कपड़ों में छिपाया और बाहर निकल गया। लोग स्थान-स्थान पर लगी आग के दृश्य देख रहे थे। रास्तों पर बड़ी भीड़ थी। डरे-सहमे लोग अपने घरों से सामान लिए पटरियों पर पड़े थे। बहुत-से सैनिक घरों में घुसकर लूट मचाए हुए थे। मास्को नगरी धायं-धायं करके जल रही थी।

काउंटेस रोस्तोव मास्को को जलते देख रो रही थीं। सोनिया ने नताशा से कहा कि चलकर देख, मास्को दूर पर जलता दिखाई दे रहा है। पर नताशा वैसी ही बैठी रही। वह 'पवित्र चित्र' के नीचे बैठी ध्यानमग्न थी—काउंटेस के मना करने पर भी सोनिया ने नताशा को बता दिया था कि ऐन्ड्री साथ के घायलों में हैं और मरणासन्न हैं। तभी से नताशा अपने होश में न थी। नताशा को जैसे कोई दिलचस्पी न रह गई थी कि वहां क्या हो रहा है। जब रात हो गई और नताशा अपने स्थान पर उसी प्रकार बैठी शून्य' में ताकती रही तो काउंटेस ने जाकर अपना हाथ उसके सिर पर रखा, उसका माथा चूमा और कहा—"तुम्हें ठण्ड लग गई है। तुम कांप रही हो। सो जाओ।"

"सो जाऊं? अच्छा, सो जाऊंगी, अभी सो जाऊंगी।"

नताशा को जब सुबह मालूम हुआ था कि ऐन्ड्री भी साथ के घायलों

में हैं तब उसके मन में अनेक प्रश्न उठने लगे—'वे कहां और क्यों जा रहे हैं? क्या उन्हें सांघातिक चोट है ? क्या मुझे उनको जाकर देखना चाहिए ?' किन्तु इच्छा प्रकट करने पर उसे कह दिया गया कि वह उन्हें नहीं देख सकती,तब से उसकी वाणी लुप्त हो गई थी। मां के अनुरोध पर वह जहां बैठी थी वहीं फर्श पर लेट गई। जब उसे भली भांति निश्चय हो गया कि सब सो गए हैं तो नंगे पांव चुपचाप सांकल खोलकर बाहर निकल गई और वहां पहुंची जहां ऐन्द्री पड़े हुए थे।

ऐन्द्री कई दिनों तक मूर्च्छित रहे। बीच-बीच में उनको चेतना आती, तब वे कभी चाय के लिए कहते, कभी बाइबल मांगते। मूर्च्छा में भी वे यही सब प्रलाप करते थे। इस समय भी वे ऐसी अवस्था में थे जब कुछ-कुछ चेतना आ रही थी। उन्हें लगता था कि वे स्वप्न में देख रहे हैं कि सफेद कपड़े पहने कोई लड़की दरवाज़े से आ रही है। फिर वे चिन्ता में डूब गए—'हां प्रेम, पर वह प्रेम नहीं जो किसी चीज़ के लिए या कुछ पाने के लिए होता है, बल्कि वह प्रेम जो मैंने मरते समय अनुभव किया था, जिसमें मैंने शत्रु को पहचान कर भी उसे प्रेम किया था। मैंने उस प्रेम का अनुभव किया जो आत्मा की भी आत्मा है और जिसके लिए किसी भी चीज़ की ज़रूरत नहीं। इस समय भी मैं उसी प्रेम का अनुभव कर रहा हूं जिसमें अपने पड़ोसी को, अपने शत्रु को भी प्यार किया जाता है—जिसमें हम चीज़ को, सम्पूर्ण अभिव्यक्तियों में उपस्थित उस ईश्वर को प्यार किया जाता है। प्रिय को प्रेम करना मानव-प्रेम है, किन्तु शत्रु को प्रेम करना दैवी, ईश्वरीय प्रेम है। इसीलिए जब मैंने उस आदमी की प्यार किया तब मुझे इतना गहरा आनन्द हुआ था। उसे क्या हुआ ? क्या वह अभी तक जीवित है ? मानवीय प्रेम के साथ प्यार करने से वह घृणा में भी बदल सकता है, किन्तु दैवी प्रेम नहीं बदल सकता। कोई शक्ति, मृत्यु भी, उसे मिटा नहीं सकती। वह तो आत्मा का ही स्वभाव है। मैंने जीवन में न जाने कितने ही व्यक्तियों के प्रति घृणा प्रकट की है, किन्तु उस लड़की से अधिक किसीको प्रेम नहीं किया, और घृणा भी नहीं की।' और नताशा उनकी आंखों में तैर गई—अतीत की

कल्पना वाली नताशा नहीं, वह जो उनके लिए केवल आनन्द का कारण है। 'उसने मेरे कारण कितनी व्यथा सही है, कितना पश्चात्ताप किया है। काश अपने द्वारा उसे छोड़ देने की निर्दयता का मैंने अनुभव किया होता और अन्तस्थल में ही यदि एक बार उसे देखना सम्भव होता, एक बार उन आंखों में प्यार देख सकता।' और इसी समय दरवाज़े से उनकी ओर एक सफेद मूर्ति, नताशा की छाया-सी, आती दिखाई दी। मानो ईश्वरीय प्रेम ही साकार होकर उनके सामने अवतीर्ण हो गया हो। पहले उन्होंने सोचा कि वे अब भी अचेत हैं या स्वप्न देख रहे हैं। पर नहीं, यह तो वही है। वे बोले—"तुम ? आह !"

नताशा पास आ गई और उनके एक हाथ पर झुककर उन्हें बार-बार चूमने लगी। बोली—मुझे क्षमा कर दो ! मुझे क्षमा कर दो।"

"मैं तुम्हें प्यार करता हूं।"

"क्षमा..."

"क्षमा किसलिए?"

"जो कुछ मैंने तुम्हारे साथ किया है उसके लिए।" नताशा ने फिर उनका हाथ चूम लिया।

"मैं तुम्हें पहले से भी अधिक प्यार करता हं।"

इसी समय डाक्टर ने आकर कहा—"यह सब क्या है ? मैडम, आप यहां से चली जाइए।"

इसी समय नौकरानी भी नताशा को खोजती हुई आ पहुंची। जैसे कोई स्वप्नाविष्ट स्वप्न के बीच में एकाएक जग जाए, उसी तरह नताशा चुपचाप लौट गई और अपने बिस्तरे पर पड़कर सिसकने लगी।

पीरी चला जा रहा था कि रास्ते की पटरी पर एक जगह बहुत-सा घरेलू सामान फैला होने से उसे रुकना पड़ा। देखा, एक औरत रो रही है, उसका पति पास ही शोकयुक्त मुद्रा में बैठा है, और दस एव बारह वर्ष की दो लड़कियां अपनी मां का मुंह देख रही हैं। पीरी के पूछने पर स्त्री ने बताया

कि सामान निकालने की धुन में मैं अपनी एक छोटी बच्ची को भूल पाई। अब मकान में आग फैल चुकी है। ईश्वर के नाम पर कोई मेरी बच्ची को बचा ले!" पति ने समझाया—"चुप रहो, सिस्टर उसे ले गई होंगी।" औरत भभक पड़ी—"राक्षस ! पापी ! तेरे हृदय नहीं है, अपनी ही बच्ची के प्रति कोई भावना नहीं है, नहीं तो तू आग से बचा न लेता। यह राक्षस है राक्षस, बाप नहीं है।"

"पर वह है कहां?" पीरी ने पूछा।

"मेरे दयालु भैया !" उसने पीरी के पांव पकड़ लिए।

"एनिस्का ! जा स्थान बता दे।"

एनिस्का शायद नौकरानी थी। गलियों में घुमाते हुए वह एक मकान के सामने ले गई और संकेत से बता दिया। मकान में चारों ओर से आग लग गई थी। लकड़ियां जल-जलकर गिर रही थीं, और उसमें फ्रांसीसी सैनिक सोने-चांदी की चीज़ें निकाल रहे थे। पीरी को देखकर उन्होंने पूछा—"क्या है रे ?" पीरी ने बताया—"एक बच्ची इस मकान में रह गई है, तुममें से किसीने देखी है ?"

ऊपर की मंज़िल से एक फ्रांसीसी सैनिक ने चिल्लाकर कहा—"बच्ची? मैंने बगीचे में किसीको रोता हुआ सुना तो था। मैं आ रहा हूं, बताता हूं।" आग में बड़ी मुश्किल से घूमते-फिरते पीरी उस सैनिक के साथ पीछे बगीचे में पहुंचा। वहां तीन साल की एक लड़की बेंच पर बैठी हुई थी। पीरी को पास आते देख भाग खड़ी हुई। बड़ी मुश्किल से पीरी उसे पकड़ सका। उसे लेकर जब वह बाहर आया तो सड़कों एवं पटरियों पर इतनी भीड़ बढ़ गई थी कि उस लड़की के माता-पिता उसे कहीं दिखाई न दिए। वह स्थान ही भूल गया था, या वे ही लोग भय-वश चले गए थे। अब वह उसे कंधे पर लिए चारों पोर उसके माता-पिता को ढूंढ़ने लगा। एक जगह उसने देखा कि दो फ्रांसीसी सैनिक एक सुन्दर आर्मनी लड़की को छेड़ रहे हैं और उनमें से एक उसके गले से हार छीन रहा है। लड़की चीख रही है। पीरी से रहा नहीं गया। उसने कंधे से बच्ची को उतारकर पास खड़ी एक स्त्री को थमा दिया और उन सैनिकों पर टूट पड़ा। पर

इसी समय सचल सैनिक दल आ गया और उसपर लूट एवं आगज़नी का अभियोग लगाकर पकड़ लिया और उसे ले चले। पास की स्त्री ने कहा—'यह बच्ची ! मैं इसका क्या करूंगी?'

सैनिक दल के अफसर ने पीरी से पूछा—यह क्या कह रही है ?"

पीरी ने फ्रांसीसी भाषा में कहा—वह क्या कह रही है ? उसके पास मेरी लड़की है जिसे मैं अभी-अभी आग से निकालकर लाया हूं।"

वे लोग उसे ले गए और हवालात में अलग बंद कर दिया।

नौ

बोरोदिनो के युद्ध के चंद दिन पहले निकोलाय रोस्तोव को आदेश मिला कि उसकी नियुक्ति अपने डिवीज़न के लिए घोड़ों की खरीद करने के काम पर की जाती है और उसे वोरोनेज़ जाकर शीघ्र इस काम को हाथ में ले लेना चाहिए। चारों ओर लड़ाई, बन्दूकें, तोपें, सैनिक छकड़े देखते-देखते वह थक गया था इसलिए जब उसे बाहर जाकर सुन्दर गांव, हरे-भरे खेत, चरते हुए मवेशी, कृषक और सरल कृषक रमणियों को देखने का अवसर मिला तो बड़ा हर्ष हुआ। मन की इसी आलादपूर्ण अवस्था में रात को यह वोरोनेज़ के होटल में पहुंचा और खा-पीकर सो गया। दूसरे दिन सुबह उठा, शेव किया, नई वर्दी पहनी और गवर्नर से मिलने गया। गवर्नर ने उसे बताया कि कहां बढ़िया घोड़े मिलते हैं और किस व्यापारी से उसे मिलना चाहिए। उन्होंने उसे हर तरह सहायता का आश्वासन दिया। उन्होंने कहा—"तुम काउंट इलिया ऐन्द्रियातिश के पुत्र हो ? मेरी पत्नी तुम्हारी मां की घनिष्ठ सहेली थी। आज गुरुवार है। हमारे यहां गुरुवार को लोगों की मण्डली जुटती है। तुम भी आना।"

शाम को जब वह मण्डली में गया तो सब उपस्थित लोगों पर उसका बड़ा प्रभाव पड़ा। अपने सुसंस्कृत ढंग से स्त्रियों को तो उसने मुग्ध कर

लिया। गवर्नर की पत्नी ने उसे हाथों-हाथ लिया। उन्होंने उसका परिचय मदाम मैलबिनस्तेव, जो राजकुमारी मैरिया की चाची लगती थीं, से कराया। श्रीमती मैलविनस्तेव बड़े तपाक के साथ उससे मिलीं और जिस प्रकार उसने उनकी भतीजी की रक्षा और सहायता की थी उसके लिए बड़ा आभार प्रदर्शित किया और उसे अपने घर निमन्त्रित किया। गवर्नर की पत्नी ने तो उसे अलग ले जाकर प्रेम एवं घनिष्ठता दिखाते हुए यह भीबताया कि मैरिया लड़कियों में आदर्श है और उसके साथ उसका सम्बन्धहो जाने से उसकी मां को बड़ा आनन्द होगा।

इन दिनों मैरिया अपने भांजे-सहित चाची के पास ही रह रही थीं। कस्बे के एकान्त में उसे अपने पिता की बड़ी याद आती थी। वह बहुत दुखी थी। रोस्तोव को देखकर उसके हृदय में जो प्राशाएं जगी थीं उसे उसने नियंत्रित कर लिया था। किन्तु नियति ने पुनः उसे रोस्तोव से मिला दिया। वह जानता था कि मैरिया शोक-अवधि मना रही है, इसलिए उसने बड़ी शिष्टता से व्यवहार किया। धीरेधीरे दोनों की मैत्री प्रगाढ़ होती गई। रोस्तोव ने उसके दुःख के प्रति इतनी करुण और सहानुभूति के भाव प्रकट किए कि वह दिन-दिन उसकी ओर खिंचती गई। उसने ऐन्द्री के विषय में उसे दिलासा दी और कहा कि वे अवश्य जीवित हैं, यदि उनकी मृत्यु हुई होती तो कर्नल रैंक के होने के कारण शोक-समाचार गज़ट में ज़रूर छपता।

एक दिन निकोलाय को त्नोइत्सा द्वारा भेजा हुआ अपनी मां का पत्र मिला जिसमें मास्को छोड़ने और वहां तक की यात्रा का वर्णन था। उसीमें ऐन्द्री के उनके साथ रहने की भी सूचना दी गई थी और लिखा था— "उनकी अवस्था यद्यपि बुरी है पर, डाक्टर कहते हैं, अब उनके बचने की आशा अधिक है। सोनिया और नताशा उनकी सेवासुश्रुषा कर रही हैं।"

दूसरे दिन निकोलाय ने जाकर मैरिया को खबर दी। मैरिया सुनते ही अपने भाई के पास जाने को तैयार हो गई। अगले दिन यात्रा का प्रबन्ध हो गया और निकोलाय यारोस्लाव तक मेरी और उसके भांजे के साथ गया और आगे की यात्रा का प्रबन्ध करके लौट पाया।

अपनी यात्रा में, त्रोइत्सा मठ में रोस्तोव परिवार कुछ दिनों के लिए ठहरा। मठ के छात्रावास में तीन बड़े कमरे उन्हें ठहरने के लिए मिल गए। उनमें से एक में प्रिंस ऐन्ड्री को रखा गया। घायल वे पहले से स्वस्थ लग रहे थे। पर नताशा ने उस दिन सोनिया से कहा—"सोनिया ! मैं कितनी खुश हूं। पर साथ ही कितनी दुखी हूं। यदि वे जी जाते...पर वे जी नहीं सकते... क्योंकि...क्योंकि..." और नताशा फूटकर रो पड़ी।

मैरिया न जाने कितने मानसिक संघर्षों को लिए हुए उस मकान तक पहुंची जिसमें रोस्तोव परिवार ठहरा हुआ था। पश्चिम ओर बोल्गा बह रही है ; सामने ही घर का मुख्य द्वार है। गाड़ी का दरवाज़ा खुला। मैरिया उतरी। दरवाजे पर नौकर-चाकर और दूसरे लोग खड़े हैं। इनमें गुलाबी चेहरे और घने काले बालों वाली एक लड़की भी है जो मेरी की ओर उदासी-भरी मुस्कान के साथ देखती है। यह सोनिया है। कहती है—"इस ओर! इस ओर !" रास्ते में ही काउंटेस मिल जाती हैं और उसे छाती से लगा लेती हैं। मैरिया पूछती है—वे कैसे हैं ?"

"डाक्टर तो कहते हैं कि अब खतरा नहीं है।" कहते हुए काउंटेस आकाश की ओर हाथ से संकेत करती हैं मानो अपने ही कहे हुए शब्दों को काट रही हों।

"कहां हैं वे ? क्या मैं उन्हें देख सकती हूं ?" मैरिया ने पूछा।

"अभी, अभी प्रबन्ध करती हूं। यह क्या उनका पुत्र है ?" निकोलुश्का की ओर देखते हुए काउंटेस ने कहा—बड़ा प्यारा बच्चा है"

"वे हैं कहां?"

"नीचे ! नताशा उनके पास है। अभी कहलाया है ...पर आप तो थकी होंगी।" सोनिया ने कहा।

खीझ से मैरिया की आंखों में आंसू भर आए। उसने ज्योंही सिर घुमाया, देखा कि नताशा चली आ रही है, उसके मुख पर गहरी वेदना और करुणा की छाया है। वह दौड़कर उससे लिपट गई और उसके कंधे पर सिर रखकर

रोने लगी। "मेरी, आयो उनके पास चलें।" कहती हुई नताशा मैरिया को ले चली। ऐन्द्री के कमरे में जाने के पहले दोनों पास वाले कमरे में कुछ देर बैठीं ताकि आंसू पोंछ लें और ज़रा ठीक हो जाएं। नताशा ने उसे बताया—पहले तो सूजन से खतरा था, बड़ा भयंकर दर्द होता था किन्तु त्रोइत्सा पहुंचतेपहुंचते स्थिति सुधर गई। यारोस्लाव में पहुंचे तो ज़ख्म भरने लगा था पर कुछ ज्वर रहने लगा। डाक्टर ने कहा—'यह ज्वर खतरनाक नहीं है।' पर दो दिन पूर्व, सहसा एक विचित्र परिवर्तन आ गया है। तुम स्वयं देखोगी।"

"क्या दुर्बलता बढ़ गई है ?"

"नहीं, वह बात नहीं। तुम देखोगी। मेरी ; मेरी ! वे बहुत भले हैं, वे जी नहीं सकते, जी नहीं सकते, क्योंकि..."

मैरिया को देखकर ऐन्द्री ने अनासक्त आदमी के स्वर में कहा—"कैसी हो मेरी? यहां तक कैसे आ सकीं?" वाणी में वही उदासीनता थी जो आंखों में थी। यदि ऐन्द्री निराश वाणी में चीख पड़े होते तो मेरी को वह आघात न लगता जो उसकी आवाज़ के स्वर से लगा। फिर भी उसने पूछा—अब कैसे हो भैया ?"

"प्यारी बहन, यह तो तुम डाक्टर से ही पूछो।" ऐन्द्री ने ऐसी वाणी में कहा मानो जो कह रहा हो उसके बारे में कुछ भी सोच न रहा हो। "कष्ट करके यहां आने के लिए धन्यवाद, बहन !"

नताशा ने दो दिन पूर्व जिस परिवर्तन के आने की बात कही थी उसे मेरी अब समझ सकी। रोगी के शब्दों में, स्वर में और सबसे अधिक उसकी आंखों में—उदास, लगभग विरक्तिपूर्ण प्रांखों में—सम्पूर्ण पार्थिव वस्तुओं से अलगाव का ऐसा भाव था जो जीवित व्यक्ति के लिए भयानक है। स्पष्ट था कि बड़ी कठिनाई से वे किसी भी जीवित वस्तु को समझते-पहचानते हैं ; और यह तो समझ ही नहीं पाते कि क्या जीवित है, इसलिए नहीं कि उसे समझने की शक्ति खो गई है बल्कि इसलिए कि वे ऐसी स्थिति में पहुंच गए हैं जिसे जीवित व्यक्ति सामान्यतः पा नहीं सकता, समझ नहीं सकता।

"भैया ! क्या तुम निकोलुश्का को देखना न चाहोगे ? वह सदा तुम्हारी ही बातें करता रहता है।" मैरिया ने पूछा।

"हां, उसे देखकर मुझे खुशी होगी। वह अच्छा तो है ?"

निकोलुश्का लाया गया। ऐन्द्री ने उसका चुम्बन लिया पर कुछ कहा नहीं। जब बच्चा चला गया तो मैरिया ने एक बार फिर भाई के हाथ चूमे और रो पड़ी। ऐन्द्री उसे घूरकर देखते रहे। पूछा—निकोलुश्का के लिए रो रही हो? तुम तो धर्म-पुस्तक से परिचित हो? तुम्हें यहां रोना नहीं चाहिए। भगवद्वाणी का खयाल करो—वे न बोते हैं, न काटते हैं, केवल विश्वपिता ही उन्हें खिलाता है।" पर मन में ऐन्द्री ने कहा—हम एक-दूसरे को समझ नहीं सकते।' बच्चा बाहर गया तो नताशा भी पीछे-पीछे गई। नताशा की गोद में सिर रखकर निकोलुश्का फूट-फूटकर रोने लगा।

मैरिया अपने भाई के पास से हटी तो भली भांति समझ गई कि नताशा की वाणी एवं चेहरे से जो भाव व्यक्त हुआ था उसका वास्तविक अर्थ क्या है।

प्रिंस ऐन्द्री केवल यही नहीं जान गए थे कि उनकी मृत्यु होगी, लेकिन यह भी कि वे मर रहे हैं, अर्ध-मृत हो चुके हैं और... सहसा अभ्यास-वश वे कराह उठे। नताशा घबराकर पास गई और झुककर प्रेम से पूछा—"आप सोए नहीं ?"

"नताशा, मैं बड़ी देर से तुम्हें देख रहा हूं। तुम्हारे सिवा और किसीसे मुझे शान्ति नहीं मिलती। तुम्हें देखकर मैं आनन्द से रोना चाहता हूं। नताशा ! मैं दुनिया में तुम्हें सबसे ज्यादा प्यार करता हूं। क्या तुम अपने हृदय में अनुभव करती हो कि मैं जी जाऊंगा?"

"हां, मुझे पूरा विश्वास है.।" नताशा ने लगभग चीखकर कहा। "पर आप सो जाइए।"

वेसो गए, पर थोड़ी ही देर बाद ठंडे पसीने के बीच जाग उठे। जब नींद में थे तब भी वे जीवन और मृत्यु की ही बात सोच रहे थे। 'प्रेम? प्रेम क्या है ? प्रेम मृत्युका अवरोध करता है। प्रेम ही जीवन है। चूंकि मैं प्रेम करता हूं इसीलिए सब वस्तुओं काअस्तित्व मेरे लिए है। सबकुछ प्रेम से बंधा है।

प्रेम ही ईश्वर है। मृत्युभी मेरे लिए प्रेम का ही एक कण है, वह शाश्वत प्रेम तक पहुंचने का साधन है।' फिर देखा मृत्यु द्वार खोलकर पाना चाहती है, मैं उसे बार-बार बन्द करने की चेष्टा करता हूं। अंत में वह आ ही गई। मैं मर गया ; फिर जग पड़ा। हां, मृत्यु एक जागरण है। अकस्मात् उन्होंने अनुभव किया कि सब बंधन खुल गए हैं। नताशा के पास आने पर वे उसकी ओर विचित्र दृष्टि से देखते रहे। बराबर इस जीवन से दूर होते गए। और अन्त में आत्मा शरीर के बंधनों को तोड़कर, मुक्त होकर चली गई।

दस

पीरी बंदियों के शेड में, कई बंदियों के साथ रहता था। करातेव नामक एक किस्सागो बंदी से उसकी बड़ी घनिष्ठता हो गई थी। करातेव के साथ एक झबरा कुत्ता भी रहता था। वह किसका कुत्ता था, उसका नाम क्या था, इसका कोई पता नहीं था। कहानी कहने वाला वह कभी तीन पांव से चलता, कभी प्रसन्नता से भूंकने लगता, कभी पूंछ उठाए घूमता फिरता था।

6 अक्तूबर की रात को फ्रांसीसी सेना लौटने लगी। युद्ध-बंदी भी पहरे के अन्दर, सेना के साथ चलने लगे। जुवेवो, क्रेमलिन जहां से भी वे गुज़रते थे, यह देखकर उनका कलेजा फटने लगता था कि गांव के गांव जला दिए गए हैं।

पीरी ठण्डी ज़मीन पर एक छकड़े से पीठ लगाए एकांत में बैठा हुआ था। वहां दूसरा कोई न था। रात हो गई थी। आकाश में पूर्ण चन्द्र उदित हो गया था और उसकी चांदनी में दूर-दूर स्थान दिख रहे थे। यह असीम विस्तार ज्योतिर्मय सौन्दर्य से पूर्ण होकर आज कितना मोहक लग रहा था। दूर क्षितिज पर तारागण चमक रहे थे। पीरी सोच रहा था—'यह सब मेरा है, यह सब मुझमें है, यह सब 'मैं' ही हूं। और इन लोगों ने यह सब इस शेड में बंद कर रखा है।' वह उसी तरह देर तक बैठा रहा ; फिर अपने साथियों के पास सोने चला गया।

धीरे-धीरे युद्ध-बन्दियों की संख्या कम होती जा रही थी। मास्को से चले तब 330 थे, किन्तु अब 100 से भी कम रह गए थे। सेना के लिए वे रसद और सामान से भी ज्यादा कष्टप्रद थे इसलिए बीमार पड़ने या भूख एवं शीत से पीड़ित होकर मर जाने पर सड़क के किनारे छोड़ दिए जाते थे। कभी-कभी उन्हें गोली भी मार दी जाती थी। मास्को से चलने के तीसरे दिन करातेव बीमार पड़ गया ; वह चल नहीं पाता था उसकी कराह पीरी से सुनी नहीं जाती थी इसलिए वह उससे दूर-दूर रहता था। करातेव 22 तारीख तक किसी तरह घिसटता रहा। जहां तक होता वह कहानी सुनाकर साथियों के दुख-दर्द को कम करता रहता था। पर एक दिन लोगों ने देखा कि वह एक पेड़ के नीचे बैठ गया है। पीरी ने देखा कि दो फ्रांसीसी सैनिक उससे कुछ बातें कर रहे हैं। इसके बाद धायं की की आवाज़ हुई। दोनों सैनिक दौड़कर पीरी के पास से आगे बढ़ गए। एक की बन्दूक से अब भी धूमां-सा निकल रहा था। दोनों के चेहरे पीले पड़ गए थे और ऊपर कुछ ऐसा भाव था मानो जो न करना चाहिए वह करने के लिए उन्हें विवश किया गया हो। कुत्ता करातेव के शव के पास खड़ा होकर भूंकने लगा। कैदियों ने उधर देखा—सबके चेहरों पर एक उदासी-सी छा गई।

शत्रु के स्मोलेस्क पहुंचने तक गुरिल्ला युद्ध शुरू हो गया। 22 अक्तूबर को देनीसोव ने दोलोहोव के साथ मिलकर बीच में कहीं फ्रांसीसी सैन्यदल पर टूट पड़ने का निश्चय किया। सुबह उसने मिकूलिनो के पास धावा मारकर फ्रांसीसियों से सामान-भरे दो छकड़े छीन लिए थे और एक फ्रांसीसी तरुण सैनिक को, जो धौंसा बजाता था, बंदी बना लिया था। उसके साथ कुछ हसार एवं कुछ कज़ाक थे। वे जंगलों के बीच से चल रहे थे। एक किसान उनको रास्ता दिखाता चल रहा था। बीच में पेतया रोस्तोव भी उनसे आ मिला। तिहोन तो पहले से ही था। रात को जंगल में एक जगह पड़ाव डालकर देनीसोव, पेतया तथा कुछ लोग रुक गए। खा-पीकर पेतया छीने हुए छकड़े के पास गया और सान धरने के लिए लिहातचेव को अपनी कटार दे दी। लिहातचेव धार देने लगा और पेतया

पास ही बैठा नींद में झूमने लगा। उसे धरती और प्राकाश सब बड़े सुन्दर लग रहे थे। कभी आकाश अपने अगणित तारों के साथ इतने निकट प्राता जान पड़ता था कि कुछ को हाथ में ले लें और कभी बहत दूर चला जाता था। उसने अपनी आंखें मूंद लीं। सान की मशीन चल रही थी—ओज़ीग! ओजीग ! ओजीग'...'जीग...। नींद में पेतया को मधुर तान सुनाई दे रही थी। पेतया को लगा कि वह मधुर ध्वनि कभी एक, कभी दूसरे वाद्य से निकल रही है—कहीं वायलिन, कहीं वंशी की ध्वनि है पर वायलिन एवं वंशी से कहीं अधिक मधुर। सारे वातावरण में संगीत घुल गया है ; फिर वह विजयगीत में बदलता जा रहा है। दूर-दूर से वही ध्वनि पा रही है। अनेक कंठों से निकला स्वर एक होकर वातावरण को गुंजा रहा है। सब स्वर मिलकर एक हो गए हैं। वही उस आरकेस्ट्रा को संचालित कर रहा है। दूर पुरुषों का स्वर सुनाई पड़ रहा है, फिर नारी-कण्ठ से निकले स्वर भी सुनाई देने लगे हैं। सब स्वर एक विराट सामंजस्य में खो गए हैं। पेतया उस सौन्दर्य का पान करता हुआ आनन्द में डूबा जा रहा है।

इसी समय लिहातचेव ने उसे जगा दिया—"श्रीमन् ! आपकी कटार तैयार हो गई। अब इससे आप किसी भी फ्रांसीसी के दो टुकड़े कर सकते हैं।" पेतया जग गया। "अरे यह तो सवेरा हो गया! उजाला हो रहा है।" इसी समय देनीसोव ने पाकर पेतया से शीघ्र तैयार हो जाने को कहा।

पहले पैदल सैनिकों को रवाना कर दिया गया। दूर फ्रांसीसी दिखाई पड़ रहे थे। पेतया पर एक नशा-सा छा रहा था। उसने देनीसोव से कहा—"मुझे बढ़कर कुछ कर दिखाने की आज्ञा दीजिए।" देनीसोव ने कठोर स्वर में कहा—मेरे आदेश का पालन करो और मुझसे आगे न जाओ।" इसके बाद रास्ते-भर देनीसोव ने पेतया से एक शब्द भी नहीं कहा। पर जब सिगनल हुआ, घमासान शुरू हो गया तो पेतया से रहा न गया। उसे देनीसोव के आदेश का कोई खयाल न रहा। वह घोड़ा दौड़ाकर चला गया; उसके पीछे दोलोहोव के कज़ाक थे। सब शत्रु-पंक्ति में घुस गए।मार-काट मच गई। चारों ओर धुआं छा गया। फ्रांसीसी भाग

खड़े हुए। कज़ाकों ने देखा कि पेतया अब भी घोड़े पर है पर रास उसके हाथ में नहीं है ; हाथ कुछ ऊपर उठे हैं और वह एक तरफ झुका-सा है। थोड़ी ही देर में किसीके गिरने की आवाज़ हुई। कज़ाकों ने देखा—पेतया ज़मीन पर गिर गया है, उसके सिर में गोली है। दोलोहोव दौड़ा आया—"समाप्त हो गया।" देनीसोव ने कांपते हाथों से उसे स्पर्श किया और बेचैनी के साथ एक ओर चला गया।

फ्रांसीसियों ने हथियार डाल दिए। देनीसोव एवं दोलोहोव के कारण जिन रूसी युद्ध-बंदियों का उद्धार हुआ उनमें पीरी बेज़ुहोव भी एक था।

ग्यारह

जब आदमी किसी जानवर को मारते देखता है तो कांप उठता है। वह स्वयं जो कुछ है—उसका सार मानो उसकी आंखों के आगे नष्ट, अस्तित्वहीन हो जाता है। किन्तु जब मरता प्राणी कोई मनुष्य होता है—ऐसा जिसे हम बहुत ज्यादा प्यार करते हों, तो जीवन के विनाश पर भय-प्रकम्पित होने के साथ ही ऐसा लगता है जैसे हमारा कलेजा फटा जा रहा हो, जैसे कोई आध्यात्मिक घाव हो गया हो। यह घाव, शारीरिक घाव की भांति ही, कभी-कभी घातक सिद्ध होता है, कभी-कभी भर भी जाता है किन्तु हर हाल में दुखता है और बाहरी दुनिया से उसका सम्बन्ध सिकुड़-सा जाता है।

ऐन्द्री की मृत्यु के बाद नताशा और मैरिया दोनों ने इसे अनुभव किया। दोनों की स्फूर्ति नष्ट हो गई थी; मृत्यु के संहारकारी बादलों को मंडराते देख उन्होंने अपनी आंखें मूंद ली थीं और जीवन की ओर आंखें उठाकर देखने में असमर्थ थीं। उन्होंने अपने खुले हए घावों को हर तरह के रूखे और वेदनामय स्पर्श से बचा रखा था।

किन्तु विशुद्ध तथा परिपूर्ण शोक, विशुद्ध एवं परिपूर्ण आनन्द की भांति ही, असम्भव है। मैरिया प्रथम पक्ष में जिस शोक-जगत में थी उसमें से निकल आई थी। वह अब केवल अपने भांजे की पालक ही नहीं थी, अपने भाग्य

की स्वतंत्र स्वामिनी भी थी। धीरे-धीरे उसे जीवन का बोध होने लगा। उसे सहानुभूति में आए पत्रों का उत्तर देना था। जिस कमरे में निकोलुश्का रखा गया था उसमें सीलन अधिक होने के कारण उसे खांसी आने लगी थी। उसकी देख-रेख करनी ही थी। अलपातिश हिसाब-किताब लेकर आया था, उसे समझना ही था। अलपातिश ने यह सलाह भी दी कि अब उन लोगों को मास्को के मकान में लौट चलना चाहिए। सौभाग्य से वह उन थोड़े मकानों में है जो शत्रु के क्रूर आघात से बच गए हैं। जीवन स्थिर नहीं रहता ; उसे जीना तो पड़ेगा ही। एकांत ध्यान की जिस दुनिया में अभी तक मैरिया रह रही थी उससे बाहर निकलना यद्यपि उसके लिए दुःखदायी था, फिर भी उसे इन कामों की ओर ध्यान देना पड़ा और मास्को जाने की तैयारी करनी पड़ी। मैरिया ने काउंटेस से अनुरोध किया कि वह नताशा को उसके साथ मास्को भेज दें। पिता-माता दोनों ने, इस खयाल से कि स्थान-परिवर्तन से नताशा की दिन-दिन गिरती तंदुरुस्ती के सुधार में सहायता मिलेगी, इस अनुरोध को सहर्ष मान लिया। किन्तु जब प्रस्ताव नताशा के सामने रखा गया तो उसने कहा—"मैं कहीं न जाऊंगी। मैं इतना ही चाहती हूं कि आप लोग मुझे अकेले रहने दें।" और वह अपने कमरे में भाग गई। जब से मैरिया अपने ज़रूरी कामों में लग जाने के कारण उसे छोड़ गई तब से अपना ज्यादातर समय वह अपने कमरे के एकांत में बिताती थी। इस एकांत से उसे थकान और उत्पीड़न ही मिलता था किन्तु उसे इसकी आवश्यकता थी। वह कमरे में बैठी चुपचाप स्थिर दृष्टि से देखती रहती थी। कोई आ जाता तो झट किताब उठाकर पढ़ने लगती थी। कभी-कभी उसे ऐसा लगता था कि जिस रहस्य' में उसकी आध्यात्मिक दृष्टि एक असह्य रूप से भयानक प्रश्न के साथ बंधी है वह समझ में आने ही वाला है।

दिसम्बर समाप्त हो चला था। एक दिन नताशा इसी प्रकार अपने कमरे में चुपचाप बैठी थी कि दरवाज़ा खुला और नौकरानी दुनियाशा ने आकर कहा—"जल्दी चलो, तुम्हारे पिताजी बुला रहे हैं। कोई बुरी खबर.. "एक पत्र पियोत्र इलाइश.. एक पत्र..." उसकी सांस रुक गई और वह सिसकने लगी।

संसार के प्रति नताशा में जो विरक्ति का भाव आ गया था वह अपने कूटबिम्यों के प्रति और भी गहरा था। वह जिस दुनिया में थी उसमें पिता, माता, सोनिया सभी की हर बात उसे व्यंग्य-सी लगती थी। वह उनके प्रति बहुत उदासीन हो गई थी। उसने दुनियाशा के शब्द सुने पर उसे कुछ समझ में नहीं आया। उसने मन ही मन कहा "उनपर क्या विपत्ति आ सकती है ? सब कुछ तो उसी पुराने ढंग पर मजे में चल रहा है।" पर जब वह ड्राइंगरूम में जा रही थी तो उसके पिता जल्दी-जल्दी काउंटेस के कमरे से प्राते दिखाई पड़े। उनका चेहरा मुरझाया और अश्रुसिक्त था। वे अपनी रुलाई न रोक सकने के कारण जल्दी से आए थे। नताशा को देखते ही अत्यन्त निराशा से उन्होंने हाथ हिलाए और इस प्रकार सिसकने लगे कि उनका चिकना, गोल चेहरा ऐंठने लगा। "पेतया...पेतया...जा-जा वे बुला रही हैं," और बच्चे की भांति रोते हुए वे लड़खड़ाए और कुर्सी पर धम से गिर पड़े। नताशा को जैसे बिजली मार गई हो ; एक भयानक वेदना ने जैसे उसका कलेजा चीर दिया हो, जैसे कोई चीज़ उसे फाड़कर निकलना चाहती हो, जैसे वह मर रही हो। वे पिता के पास दौड़कर गई परन्तु उन्होंने माता के कमरे की ओर संकेत कर दिया।

काउंटेस एक मचिया पर बैठी दीवार पर सिर पटक रही थीं। सोनिया और कुछ दासियां उन्हें पकड़े हुए थीं। वे चिल्ला रही थीं—"नताशा, नताशा ! ...यह सच नहीं है...सच नहीं है नताशा। यह झूठी बात है... 'नताशा ! झूठी बात है...तुम सब चली जायो। यह सच नहीं है। मारा गया ! हा...हा...हा...हा ! सच नहीं है... ।"

नताशा ने झुककर मां का आलिंगन किया और आश्चर्यजनक शक्ति से उन्हें ऊपर उठा लिया और उनका मुख अपनी छाती से लगाकर बोली—"मां !...प्यारी मां ! मैं यहां हूं, मैं आ गई हूं, प्यारी मां!" उसने मां को नहीं छोड़ा ; तकिये मंगाए ; पानी मंगाया, बटन खोलकर कपड़े ढीले कर दिए और "मेरी मां ! मेरी प्यारी मां !" कहती हुई बार-बार उनके सिर, उनके हाथ, उनके मुंह का चुम्बन लेने लगी। काउंटेस कुछ देर के लिए शांत हो गईं, उन्होंने आंखें बंद कर ली। किन्तु फिर सहसा अस्वाभाविक तेजी के साथ उठकर बैठ

गईं, सूनी आंखों से इधर-उधर देखा और नताशा की ओर दृष्टि जाते ही उसका सिर पूरी ताकत से खींचकर छाती से लगा लिया। मां को इस प्रकार छाती से लगाते, फिर अपनी ओर स्थिर प्रांखों से देखते देखकर नताशा के मुख पर वेदना की छाया घिर आई। मां ने मृदु स्वर में कहा—नताशा ! तू तो मुझे प्यार करती है, तू तो मुझे धोखा न देगी? सच्ची बातें बताएगी?"

नताशा आंसू-भरी आंखों से देखती रही। उसके चेहरे पर केवल प्रेम और क्षमायाचना का भाव था। वह 'मां! प्यारी मां !' कहकहकर मां के शोक के घातक बोझ का कुछ अंश अपने सिर पर लेने की निरंतर चेष्टा कर रही थी। उधर मां यथार्थ से युद्ध करती हुई इस बात का विश्वास करने से इन्कार कर रही थीं कि जब वे खुद इस बुढ़ापे में जी रही हैं तब उनका प्यारा बेटा, जिसमें जीवन अभीअभी खिलने ही लगा था, मर गया है। फिर वे बेहोश हो गईं और प्रलाप करने लगीं।

दो दिन-रात तो नताशा को होश ही न रहा कि वे किस प्रकार बीत गए। वह ज़रा भी न सोई, उसने क्षण-भर के लिए मां को न छोड़ा। मां के लिए उसका प्रेम धीरज से भरा, अक्षय और सर्व दिशाव्यापी था और बिना सफाई दिए, बिना कुछ कहे वह मां को पुनः जीवन की परिधि में खींच लाने का प्रयत्न कर रही थी। तीसरी रात को काउंटेस कुछ शांत हुई तब नताशा कुर्सी पर पड़े-पड़े झपकियां लेने लगी। सहसा पलंग पर चरमराहट हुई ; नताशा की आंखें खुल गईं। देखती क्या है कि मां पलंग पर बैठी बक रही हैं—"तुम यहां आ गए, इससे मुझे कितना हर्ष हुआ है। पर तुम थक गए हो, चाय न लोगे ? अब तो तुम बहुत सुन्दर जवान हो गए हो।" नताशा झपटकर मां के पास पहुंची और बोली—"मां! तुम क्या कह रही हो...?"

"नताशा ! वह चला गया। अब वह नहीं रहा नताशा !" और अपनी बेटी को गोद में ले काउंटेस पहली बार रोने लगीं।

जब पीरी युद्ध-बंदी था तभी एलेना बेजुहोव की अकस्मात् मृत्यु हो गई थी। ऊपर से तो यही कहा जा रहा था कि वह हृदय-वेदना का भयंकर

दौरा उठ खड़ा होने के कारण मर गई है, परन्तु जानकार लोग कहते थे कि स्पेन की रानी के इतालियन चिकित्सक ने किसी गुप्त बात के लिए उन्हें दवा दी थी और बहुत थोड़ी-थोड़ी खुराक में उसे लेने को कहा था पर एलेन ने ज्यादा मात्रा ले ली और चल बसी। वेसिली ने उस इतालियन पर मुकदमा भी चलाना चाहा था पर उसके पास एलेन की लिखी ऐसी चीजें थीं कि बदनामी होने के भय से वह विचार त्याग देना पड़ा।

पीरी ने छूटने के बाद ही उन शारीरिक यातनाओं के परिणाम का अनुभव किया जो उसने बंदी रहते हुए सहन की थीं। छूटने के बाद वह ओरेल पहुंचा। वहां पहुंचने के दो दिन बाद कीव के लिए प्रस्थान करने की तैयारी कर रहा था कि बीमार पड़ गया और तीन महीने तक शय्या पर पड़ा रहा। बड़ी कठिनाई से अच्छा हुआ।

जिस दिन वह फ्रांसीसियों के चंगुल से छूटा उसी दिन उसने पेतया रोस्तोव का शव देखा। उसी दिन उसे मालूम हुआ कि बोरोदिनो के युद्ध के बाद ऐन्द्री एक महीने तक जीवित रहे और कुछ ही दिनों पूर्व रोस्तोव परिवार के साथ रहते हुए उनकी मृत्यु हुई है। ये बातें उसे देनीसोव ने बताईं। उसीने बातचीत में यह समझते हुए एलेन की मृत्यु का भी जिक्र कर दिया कि पीरी बहुत पहले से इसे जानता होगा। उस समय पीरी ने इन बातों पर विशेष ध्यान न दिया। ओरेल पहुंचते ही वह बीमार हो गया। अच्छा होने पर बहुत धीरे-धीरे उसे अपनी स्थिति और पिछले दो महीनों में घटी घटनाओं का ज्ञान हुआ। धीरेधीरे ही वह समझ सका कि प्रिंस ऐन्द्री की मृत्यु, पत्नी की मृत्यु तथा फ्रांसीसियों के पतन का क्या अर्थ है। उसके हृदय में मुक्ति का आनंद भर गया—वह अविच्छेद्य मुक्ति जो मानव की प्रकृति में समाहित है। वह एक अपरिचित नगर में था जहां उसका कोई संगी-साथी नहीं, कोई परिचित नहीं। वह अकेला है। न कोई उससे कुछ चाहने वाला है, न किसीके लिए उसे कहीं जाना है। अतीत में पत्नी की जो चिन्ता उसे सदा उत्पीड़ित किए रहती थी, वह भी आज नहीं है। उसने मन में कहा—'मैं कितना सुखी हूं।' फिर पुरानी आदत के कारण मन में प्रश्न उठा—'उसके बाद ? अब मैं क्या करने जा रहा

हूं?' और उत्तर भी अपने-आप निकल आया—'मैं जिऊंगा! आह ! कैसा उदात्त भाव है !' जीवन के ध्येय के जिस सवाल ने उसे अतीत काल में सदा उद्विग्न रखा था, वह इस समय समाप्त हो गया था।

जनवरी के अंत में पीरी मास्को आ गया। उसने सुना कि रोस्तोव परिवार भी वहां आ गया है । कभी-कभी उसे नताशा का खयाल आ जाता, और जब यह खयाल पाता था तो उसे एक प्रकार का सुख अनुभव होता था। तीसरे दिन उसे मालूम हुआ कि मैरिया भी मास्को में और अपने ही भवन में रह रही है। ऐन्द्री की मृत्यु एवं अंतिम दिनों उसने जो कष्ट सहे थे उसकी याद उसे आती रहती थी, इसलिए पीरी मैरिया से मिलने गया। मैरिया उससे अपने ही कमरे में मिली। उसके साथ कोई और स्त्री भी काली पोशाक पहने बैठी थी पर उधर पीरी का ध्यान न था। देर तक वह मैरिया से ऐन्द्री के बारे में बातें करता रहा। उसी बीच रोस्तोव परिवार का जिक्र आने से मैरिया चौंक पड़ी। उसने अपनी सखी की ओर देखते हुए पीरी से पूछा—"आप इन्हें नहीं पहचानते ?"

पीरी ने पीले, दुर्बल चेहरे और काली आंखों वाली स्त्री की ओर देखा। कोई चीज़ जोकभी उसके निकट थी किन्तु अब भूल-सी गई थी, जो बड़ी मधुर थी, उन आंखों से उसकी ओर देख रही थी। पीरी के मन में आया—'वह कैसे हो सकती है? यह दृढ़, दुबला, पीला चेहरा तो बहुत बूढ़ा-सा लगता है। वह तो नहीं हो सकती।' किन्तु इसी समय मैरी ने कहा—"नताशा !" और जैसे कोई जंग लगा दरवाजा खुलता है वैसे ही उस स्त्री के चेहरे पर यत्न-प्रसूत एक मुस्कान आई और उस खुले दरवाजे से पीरी की ओर विस्मृत आनन्द की एक धारा हर-हराती हुई दौड़ी और उसे पूर्णतः अभिभूत कर लिया । लड़की की मुस्कान ने कोई संदेह न रहने दिया कि वह नताशा है—नताशा जिसे वह प्यार करता है। उस क्षण पीरी ने सब पर, और सबसे ज़्यादा खुद अपने पर, असावधानी में, वह चीज़ प्रकट कर दी, जिसके प्रति वह स्वयं बेखबर था। वह आनन्द से झूम उठा। उसने अपने भावोद्वेग को छिपाने की कोशिश भी

की परन्तु जितना ही वह छिपाने का प्रयत्न करता उतना ही वह और अधिक प्रकट हो जाता।

मैरिया ने कहा—"ये मेरे पास रहने के लिए आ गई हैं। चंद दिनों में ही काउंट और काउंटेस भी आ जाएंगी। काउंटेस की बुरी हालत थी पर नताशा को भी डाक्टरों को दिखाना ज़रूरी था, इसलिए उन लोगों ने मेरे साथ भेज दिया है।"

पीरी ने कहा—"कौन-सा कुटुम्ब होगा जिसका अपना दुख न हो। जिस दिन मैं छूटा उसी दिन मैंने उसे देखा था। कैसा खूबसूरत लड़का था ! पर तुम्हें मैं किस तरह धीरज दूं ? जीवन से पूर्ण उस लड़के के मरने के दिन न थे।"

इसके बाद पीरी के अनुरोध पर मैरिया बड़ी अनिच्छा से ऐन्ड्री के बारे में सब बातें बताने लगी। सुनकर पीरी ने कहा—"हां, तो उन्होंने निश्चय ही शान्ति प्राप्त कर ली थी। वे जीवन-भर समस्त आत्मा से एक ही बात का प्रयत्न करते रहे—भले बनने का प्रयत्न । इसलिए मृत्यु के प्रति ज़रा भी भय मन में नहीं रहा और अन्त में इतने मृदु, इतने अनासक्त हो गए।" फिर नताशा से कहा—"और यह भी सुख की बात है कि उन्होंने अंत में तुम्हें देखा।" कहते-कहते उसकी आंखों में आंसू भर आए।

"हां, वह बड़े सुखकीबात है, मेरे लिए बड़े सुख की बात है। जब मैं बीमारी में पहली बार उनके पास गई तो उन्होंने कहा कि मैं तुम्हारे लिए छटपटा रहा था..." कहते-कहते उसका गला भर आया।

इसी समय नौकर ने आकर कहा कि निकोलुश्का सोने के लिए जाने के पूर्व प्रणाम करने आ रहा है। नताशा कुछ दर्द, कुछ शोक से भरी एक कराह के साथ झट कमरे से भाग गई। पीरी को लगा कि जैसे वह अकस्मात् इस विशाल विश्व में अकेला हो गया है।

विदा होते समय मैरिया ने पीरी से कहा—"यह पहली बार नताशा ने इस तरह किसीसे बात की है।"

अब पीरी अकसर मैरिया के यहां जाने लगा। वह नताशा को देखे बिना

रह नहीं सकता था। दोनों में देर-देर तक बातें होतीं। इस तरह कई दिन बीत गए। एक दिन जब नताशा चली गई तो पीरी ने कुर्सी मैरिया के पास खींच ली और कहा—"मैं तुमसे प्रार्थना करता हूं कि मेरी सहायता करो। मुझे क्या करना चाहिए ? क्या मैं उसके प्रति आशावान रह सकता हूं? मेरी प्यारी प्रिंसेज़ ! मेरी बात सुन लो। मैं सब समझता हूं, मैं जानता हूं कि मैं उसके योग्य नहीं हूं; मैं यह भी जानता हूं कि अभी इस विषय में बात करना असम्भव है। पर मैं नहीं जानता कि कब से मैं उसे प्यार करने लगा हूं; हां, मैंने केवल उसे ही प्यार किया है, केवल उसे, अपने सम्पूर्ण जीवन में और मैं उसे इतना प्यार करता हूं, इस तरह प्यार करता हूं कि उसके बिना अपने जीवन की कल्पना नहीं कर सकता। पाणिग्रहण का प्रस्ताव करने के लिए समय नहीं है परन्तु उसे अपनीपत्नी के रूप में देखने कीयाकांक्षा मुझने इतनी प्रबल हो गई कि मैंने सोचा—कहीं मैं अवसर न खो दूं। कहो, क्या मैं आशा रख सकता हूं। बताओ, मुझे क्या करना चाहिए।"

"अवसर आने दो। मुझपर विश्वास करो। मैं जानती हूं कि वह प्रेमयोगिनी है...और वह तुम्हें प्रेम करेगी।"...अच्छा हो, तुम पीतर्सबर्ग चले जाओ। मैं समय पर तुम्हें लिखूंगी।" मैरिया ने कहा।

"पीतर्सबर्ग? मुझे पीतर्सबर्ग जाना होगा ? अच्छा, जाऊंगा। पर क्या कल मैं तुमसे मिलने आ सकता हूं?" पीरी ने कहा।

दूसरे दिन पीरी विदा होने के पूर्व नमस्कार करने गया। नताशा और दिनों की तरह खुश न थी परन्तु उसकी आंखों की ओर देखते हुए पीरी को ऐसा लगा कि वह उनमें खोता जा रहा है। नताशा और वह दोनों खो गए हैं—दोनों अब नहीं रहे और चतुर्दिक आनन्द के सिवा और कुछ नहीं है। नताशा की प्रत्येक मुस्कान, प्रत्येक भू-संचालन, प्रत्येक भंगिमा पीरी की आत्मा को आनन्द-विभोर कर देती थी।

विदाई का नमस्कार करते हुए जब पीरी ने नताशा का हाथ अपने हाथ में लिया तो बेसुधी में उसे देर तक पकड़े रहा। वह सोच रहा था कि 'क्या यह संभव है कि वह हाथ, वह मुखड़ा, वे आंखें, नारी-सौन्दर्य की वह सम्पूर्ण निधि, जो आज तक मुझसे दूर रही है, एक दिन सदा के लिए मेरी हो

जाए ? इतनी ही घनिष्ठ और सन्निकट हो जाए जितना मैं स्वयं अपने निकट हूं ? नहीं, यह असम्भव है ?'

नताशा ने कहा—"विदा काउंट ! मैं पुनः आपसे मिलने की राह देखूंगी।"

और ये शब्द अगले दो महीनों तक पीरी के हृदय में अशेष स्मृतियां जगाते रहे, सुखद स्वप्नों का निर्माण करते रहे, अनेक-व्याख्याओं को जन्म देते रहे: "मैं पुनः आपसे मिलने की राह देखूंगी।"

जब पहली ही शाम को नताशा ने मैरिया से मुस्कराते हुए कहा था वे कि ऐसे लगते हैं जैसे अभी-अभी नहाकर आए हैं, तभी से नताशा की आत्मा में कोई प्रच्छन्न और बेजानी-पहचानी-सी पर दुर्निवार चीज़ उठ रही थी। उसका चेहरा, चाल-ढाल, आंखें, वाणी सब बदल गए थे। जिस प्रकार उसके मन की सतह पर जीवनशक्ति और सुख की आशा तरंगित होने लगी थी, उससे स्वयं उसे आश्चर्य होता था। पहली ही शाम को, पीरी को देखने के बाद, जो कुछ अतीत में उस पर गुज़रा था, सब वह भूल गई थी। अब वह भूतकाल के विषय में एक शब्द नहीं कहती थी; कभी-कभी भविष्य का ताना-बाना भी बुनने लग जाती थी। खुद पीरी के विषय में कोई बात न करती थी, पर जब-जब मैरी उसका नाम लेती उसकी आंखों की बुझती ज्योति प्रदीप्त हो जाती थी तथा होंठ विचित्र मुस्कान से रंजित हो उठते थे। नवीन भावना के प्रति नताशा का आत्मदान इतना पूर्ण था कि वह अपनी प्रसन्नता को छिपातीन थी। जब रात को मैरिया पीरी से बात करके कमरे में आई और नताशा को मालूम हुआ कि वे पीतर्सबर्ग जा रहे हैं तब अपने-आप उसके मुंह से निकल गया—"पीतर्सबर्ग ?" फिर मैरिया के शोक-संतप्त चेहरे को देखकर वह रो पड़ी और अपने को ही उस दुःख का कारण समझकर बोली—"मेरी ! बताओ, मैं क्या करूं? तुम जो कहोगी, मैं वही करूंगी।"

"तुम उन्हें प्यार करती हो ?"

"हां !"

"तब रोती क्यों हो ? मुझे बड़ी खुशी है।"

"अभी नहीं, पर किसी दिन मैं उनकी पत्नी होऊंगी और तुम निकोलाय से विवाह करोगी। हम कितनी सुखी होंगी।"

"मेरे बारे में नहीं, केवल अपने बारे में बातें करो।" और दोनों चुप हो गईं।

1813 ई० में नताशा का विवाह पीरी से हो गया। बूढ़े रोस्तोव के परिवार में यह अन्तिम मंगल समारोह था। उसी साल बूढ़े काउंट रोस्तोव की मृत्यु हो गई और जैसा प्रायः होता है, पिता की मृत्यु के बाद परिवार छिन्न-भिन्न हो गया। मास्को की आगज़नी, शहर से भागना, ऐन्ड्री की मृत्यु, नताशा की निराशा, पेतया की मृत्यु सबका उनपर बड़ा बुरा असर पड़ा। वे अन्दर से टूटते गए। पीरी एवं नताशा की विदाई के बाद वे खाट पर पड़ गए और यद्यपि डाक्टर बार-बार आश्वासन देता रहा, वे शुरू से समझ गए थे कि अंत आ पहुंचा है। भीतर ही भीतर उनपर इतना कर्ज हो गया था कि उन्हें सूझता न था कि आगे क्या होगा। इसी चिन्ता में, एक दिन, वे संसार से चले गए।

निकोलाय रूसी सेना के साथ पेरिस में था जब उसे पिता की मृत्यु का समाचार मिला। उसने सैनिक सेवा से मुक्ति पाने की प्रार्थना की और वह प्रार्थना मंजूर भी कर ली गई। निकोलाय जब मास्को आ गया तब उसे पिता की आर्थिक स्थिति का ज्ञान हुआ। ऋणदाता चारों ओर से आकर घेरने लगे। मित्रों एवं सम्बन्धियों ने सलाह दी कि वह विरासत ग्रहण करने से इन्कार कर दे, पर निकोलाय ने ऐसा करके पिता की स्मृति को अपमानित करना स्वीकार न किया। उसने जायदाद बेच दी ; जो धन मिला उससे आधा कर्ज़ ही चुकाया जा सका। अपने बहनोई से भी कुछ धन लेना पड़ा। पर दिन-दिन स्थिति खराब ही होती गई। खर्च ज्योंका त्यों था क्योंकि पुत्र माता की भावना को किसी प्रकार का आघात नहीं पहुंचाना चाहता था। उनके आरामआसाइश के खयाल से बहुधा उसे अपनी शक्ति से अधिक खर्च करना पड़ता था। घरेलू खर्च के लिए उसने नौकरी भी कर ली, पर उससे जो मिलता था वह इतना कम था कि खर्च को भी पूरा न पड़ता था। मां को वह आन्तरिक स्थिति बताना न चाहता था। लोगों ने उससे कहा कि विशाल सम्पत्ति की उत्तराधिकारिणी किसी लड़की से शादी कर ले, पर

रुपये के लिए शादी करना उसे अपमानजनक लगता था।

जाड़े के आरम्भ में जब मैरिया मास्को आई तो उसने इधर-उधर से रोस्तोव परिवार की आर्थिक स्थिति के बारे में सुना। उसे यह भी ज्ञात हुआ कि पुत्र मां के लिए आत्म-बलिदान कर रहा है। उस परिवार से अपने गहरे सम्बन्ध का स्मरण कर वह उन लोगों से मिलने गई। निकोलाय ने उससे बातें की। पर उसमें अब वह स्फूर्ति न रह गई थी जो पिछले मिलन में उसने देखी थी। उसका व्यवहार रूखा था। मैरिया के चले जाने पर उसने कहा—"हमारे यहां उसे आने की जरूरत नहीं।" इसपर सोनिया एवं मां ने उसे फटकारा और मैरिया की प्रशंसा के पुल बांध दिए। मां ने कहा—"तुम पहले लोगों से खूब मिलते-जुलते थे; अब यह मनहूसियत क्यों ? ऐसी अच्छी लड़की से तुम मिलने क्यों नहीं जाते ? यह तो शिष्टाचार के भी विरुद्ध है। जान पड़ता है, कोई बात तुम मां से भी छिपाते हो।"

"नहीं-नहीं मां!"

"तब तुम जाओ, मेरे लिए नहीं खुद अपने लिए जाओ।"

दूसरे दिन निकोलाय मैरिया से मिलने गया। परन्तु उसके प्राचरण में आज भी वही शुष्कता थी। उसे मैरिया के प्रति ऐसे व्यवहार पर दुःख होता था, पर अन्दर कोई चीज़ उठकर उसे विवश कर देती थी। एकाएक वह नमस्कार करके उठ खड़ा हुआ। बोला—"बहुत दिन तो नहीं हुए जब हम बोगुतचावों में मिले थे। तब से, लगता है, हम कितनी दूर चले गए हैं, कितनी घटनाएं घट गई हैं। उन दिनों को वापस लाने के लिए मैं सब कुछ त्याग कर सकता हूं परन्तु उनका आना सम्भव नहीं दीखता।"

मैरिया उसपर आंख गड़ाती हुई बोली—हां, ठीक है किन्तु अतीत पर अफसोस करने की आवश्यकता आपको नहीं है। आपका जीवन इस समय जैसा है, उसपर आपको सन्तोष एवं गर्व होना चाहिए। आप जो आत्म त्याग का जीवन बिता रहे हैं..."

"मैं तुम्हारी प्रशंसा स्वीकार करने में असमर्थ हैं। मैं तो सदा अपनी निन्दा करता रहता हूं, परन्तु यह रूखा और निरानन्द विषय है।" और फिर

वही रूखापन उसपर छा गया, किन्तु मैरिया ने उसमें प्रवेश कर पुनः उस आदमी के दर्शन पा लिए जिसे एक दिन पहचान कर वह प्रेम कर सकी थी।

"मैंने समझा कि आप मुझे इतना तो कहने का अधिकार देंगे। आपसे मेरी इतनी घनिष्ठ मैत्री रही है कि मेरी सहानुभूति को आप अन्यथा न समझेंगे पर मैंने गलती की। मैं नहीं जानती क्यों, पर पहले आप कुछ दूसरे प्रकार का व्यवहार करते थे और..."

"इस 'क्यों' के हजारों कारण हैं। कभी-कभी कठिन हो जाता..."

मैरिया के हृदय में सहसा एक विचार ज्योतिर्मय हो उठा। उसने मन ही मन कहा—'मैं समझ गई... मैं केवल इनकी प्रफुल्ल, दयालु एवं स्पष्ट दृष्टि को ही नहीं, इनके बाह्य रूप को ही नहीं, इनके भीतर जो श्रेष्ठ, दृढ़ और आत्मत्यागी आत्मा भी उसे प्यार कर पाई थी। आज एक अन्तर आ गया है। वे आज गरीब हैं, मैं धनवान हूं—बस यही अन्तर है। ऐसा न होता तो...' उनकी पूर्व कोमलता और इस समय के दुखी चेहरे की तुलना करते ही उसे विश्वास हो गया कि बस यही इसकी रुखाई का कारण है।

वह और पास जाकर बोली—"तुम्हें मुझसे कहना ही चाहिए। मैं तुम्हारा 'क्यों नहीं जानती परन्तु मुझे दुःख हुआ है, इतना तुमसे स्वीकार कर लूंगी तुम किसी कारण से मुझे अपनी उस पुरानी मैत्री से दूर कर देना चाहते हो। इससे मुझे चोट लगती है।" उसकी आंखें भर आईं और वाणी आंसुओं से तर हो उठी। वह बोली—"मेरे जीवन में सुख के कण इतने कम रहे हैं कि प्रत्येक हानि मेरे लिए कठोर है...पर क्षमा करना। नमस्कार।" वह सहसा फूटकर रो पड़ी और कमरे के बाहर जाने के लिए बढ़ी।

निकोलाय ने पुकारकर कहा—"राजकुमारी ! ईश्वर के लिए रुक जाओ राजकुमारी।"

मैरिया ने घूमकर देखा। क्षणभर दोनों एक-दूसरे की आंखों में आंखें डालकर देखते रहे और जो असम्भव था वह सम्भव हो गया; जो दूर था वह निकट आ गया।